JN103077
暴食のベルセルク 7
Berserk of Gluttony

『お前のような半飢餓状態とは違う。
マインは完全に引き出した』
いきなり大罪スキル全開か……。
「マインは行動で示した。本気だとな」
シンの言う通り、与えてもらっていた時間が
終わってしまったということだ。

「お前なら
俺にできなかったことを
やってくれる。
だからな……これを託す」
「ケイロスさん……」
彼は鞘から黒剣を引き抜いて、
俺に渡そうとしてくる。
「お前には、
やっぱりこっちに似合っている。
俺よりもな。
まあ、グリードは
口が悪くて大変だろうが、
うまくやってくれ。頼れるやつだぜ」

暴食のベルセルク
～俺だけレベルという概念を突破して最強～
⑦

著：一色一凛
イラスト：fame

GCN文庫

Contents

暴食のベルセルク
～俺だけレベルという概念を突破して最強～
7
3

あとがき
355

Berserk of Gluttony
7
Story by Ichika Isshiki
Illustration by fame

第1話　復興のハウゼン

魔物の巣窟と化して、廃墟と成り果てていた都市――ハウゼン。

だが、今は違う。

俺たちの目前に見えているのは、王都からの技術提供を得て、大きく発展しようとしている都市だ。

俺が離れてから、随分と様変わりしたものだ。

魔導バイクの運転にも思わず、力が入ってしまう。

早く、ハウゼンへ帰りたい。

そう思わずにはいられなかった。

「フェイ、ソワソワしていますね。ハウゼンに戻ってこられて嬉しいんですね」

「ああ、そうさ。ここが俺の故郷だからさ」

魔導バイクの後ろに乗っているロキシーから言われて、自然と笑みがこぼれてしまう。

「私も早くあそこに行きたい！」

俺の前で背中を預けて、元気よく声を上げるのはスノウだ。

彼女は幼い人間の体をしているが、人間ではない。聖獣人と呼ばれ、強力な力を持っている。

今は、彼の地への扉によって無理やり蘇ってしまった影響なのか、生前の記憶を失っていた。だから、見た目も相まって言動も幼い子供そのものだ。

初めは人見知りで俺とメミルにしか、懐かなかった。

しかし、硬かった表情に変化が起きて、笑顔も見せるようになっていった。

それに合わせて周りの人たちにも、少しずつ心をひらいているようだ。

まあ……ロキシーにはなぜか、距離をとっていることを除いてだが……。

父さんはそんなスノウと過去になんらかの因縁があるようだった。

詳しいことはわからない。

そう思うに至る理由は、暴走したスノウと戦った折に、父さんが彼女を殺そうとしたからだ。

あの時、俺は初めて父さんの殺気に満ちた目を見てしまった。あんな怖い目をした父さんは、幼い頃の記憶を辿っても覚えがない。

俺の知らない父さんの一面を垣間見た瞬間だった。

父さんと戦うことになっても、ちゃんと向き合うとアーロンには言ったのに、このざまである。

俺の心を知ってか知らずか、スノウは俺に早くハウゼンへ行こうと言ってくる。まったくもって無邪気なものである。

「わかったって、暴れるな。運転ができないだろ」

「ううぅ。早く行きたい！　なら、こうする！」

「おいっ⁉」

ハンドルを持っている手に、スノウが自分の手を重ねてきたのだ。

そして、彼女の有り余る魔力を一気に送ってきた。

魔導バイクは、魔力を使って推進力へと変える。

つまり……俺の魔力＋スノウの魔力で、タイヤの回転数を高めてしまった。

「フェイ！　速すぎます！　キャアアアァァァ」

「やばい、やばい」

「楽しい！」

「「楽しくない！」」

無理やりスノウの手を離して、魔力供給を止める。

だが時すでに遅し――尋常じゃないスピードに達していた。

下手にブレーキをかけようものなら、魔導バイクが反動で横転するだろう。

スピードを落とさないなら、このままハウゼンに大激突だ。

もう一度復興しようなんてことになりかねない。

領主である俺が、率先して破壊するなんてあってはならないのだ。

「ロキシー……すまないが」

「ええ、わかっています」

だから、俺たちが選んだのは……ハウゼンを通り過ぎることだった。

きっと、後ろで追走しているエリスとメミル組は、俺たちを見て何をやっているんだと思っていることだろう。戻ってきたら、エリスからお小言の一つや二つ頂戴してしまうかもしれない。

まあ、あれでも王国を統べる女王様なので、ありがたく聞くとしよう。

なんて思っている間に、ハウゼンを通り過ぎていく。

「さらば……ハウゼンよ」

「何を感傷的な声で言っているんですか！　スピードが落ちてきたらすぐに戻りますよ。

エリス様になんて言われるか、わかったものではないですから」

「奇遇だね。俺も同じ考えさ」

「もう、そんなことを言っていないで」

後ろから頬を摘まれてしまった。俺を見たスノウが大笑いだ。

「変な顔がもっと変になった」

「なんだと!?」

それでは俺が元からおかしい顔をしているようではないか？

「ロキシー……これって……」

「えっと、そのくらいにしておいて……。スピードが落ちてきましたら、さあハウゼンへ」

返事に言い淀みながら、ハウゼンへ向かうことを促してきた。

むむむっ、気になるじゃないか。モヤッとした気持ちも乗せて、通り過ぎてしまったハウゼンへ戻ることにした。

外門には、エリスとメミルがすでに到着しており、魔導バイクから降りて俺たちを待っていた。

「もうっ！　また暴走して置いて行っちゃうんですから」

「違うよ、メミル。ボクたちを置いてハウゼンを通り過ぎて、どこかへ行こうとしていたんだよ。逃避行かと思ってしまったよ」

「そんなわけがあるかっ！」

俺は魔導バイクから降りながら、メミルとエリスに言ってやる。

「スノウがはしゃいだからさ。危うくハウゼンへ突っ込むところだったんだよ。後ろから見ていたら大体わかると思うんだが」

「アハハッ、慌てるフェイトの顔は面白かったね」

「そうですね。エリス様」

「こいつら……」

俺のあんな姿を見て楽しむとは……いい趣味しているじゃないか。

はぁ……やれやれ。

女性陣に圧倒されていると、俺の肩に手を置く者がいた。

「久しぶり、フェイト」

「セト！」

振り向くと、痩せていた昔と比べて、少しだけふっくらとしたセトが立っていた。

隣には娘のアンがニコニコ顔でこっちを見ている。

「フェイト、おかえり！」

「ただいま！」

飛びついてきたアンを受け止めていると、それをじっと見つめる目があった。

スノウだ。

「私もする！　フェイト、おかえり！」

「お前は違うだろ！　一緒にここまで来たじゃないか！」

俺の言うことなんて聞くこともなく、アンの真似をしてくる。

「フェイト！　早く、ただいまを言って！」

「……ただいま」

ふぅ～。アンとスノウに掴まれて弱っていると、面白そうにセトが言う。

「この子は……フェイトの娘かな？」

「どう見たって違うだろ」

「だよな。フェイトに全く似ていなくて、将来美人さんになりそうだし」

「一言多いぞ」

「じゃあ、誰の子なんだ？」

俺とスノウを交互に見ながら、セトは首をひねった。

「この子は滅びの砂漠で保護しました」

困惑するセトに、ロキシーがスノウに微笑みかけながら語りかけると、

「ロキシー様！　これはようこそおいでくださいました。ハウゼンへ！」

「そのようにかしこまらなくても……大丈夫ですよ。今は家督を返して、ただの武人ですから」

「いいえ、それはできません。あの有名なロキシー・ハート様をこの目で見られるとは、恐悦至極です」

スノウのことはどこへやら、セトは顔を赤くしてオロオロしてしまう。まあ、これほどの美人に見つめられるとそうなってしまうのはよくわかる。

俺も慣れるまで、セトと同じ感じだった。

そんなセトの足を踏む、不機嫌そうな女王様がいた。

「セトよ、このボクがわざわざ来ているっていうのに、無視とはいい根性しているね」

「エリス様！　これは違うんです」

「何が違うのかな？　まずはボクにかしこまるべきだと思うんだけど？」

「大変申し訳ございません」

セトはすぐさま跪（ひざまず）いていた。

これは……かしこまるというより、ひれ伏しているようだが……。

ふんぞり返るエリスは、実に満足そうだった。

その様子を見たアンとスノウが俺から離れて、二人を観察し始める始末だ。

実に教育的に良くないだろう。跪く父親の姿を見せつけられているアンには特に良くないように思えた。

「そんなことよりも、ハウゼンの中へ入るぞ」

「えぇぇっ、ボクはまだ」

「ダメだ！」

エリスの腕を掴んで、外門を通って中へ向かう。

「ロキシーとメミルも行くぞ。セトも早くしろ。いろいろと話したいことがあるんだ」

「ああ、待ってくれ。さあ、アン、スノウちゃんもこっちへおいで」

魔導バイクは、兵士たちが保管場所まで移動してくれるらしい。

俺たちは、ハウゼンでもっとも見晴らしが良い場所——バルバトス城へ歩き出す。

冠魔物である【死の先駆者】リッチ・ロードと戦った廃城はすっかり様変わりしていた。

真っ白い外壁が美しく、ハウゼンのランドマークとなっている。

大通りで行き交う人々は活気に溢れており、以前にスケルトンが跋扈（ばっこ）していたとは思えないくらいだ。王都からの持たざる者たちの移住計画は、セトからの報告を受けなくても順調のようだった。

第2話　バルバトス城

綺麗に改築された門を通り、城内へ。活気のある街の様子をじっくりと見ていたいところだけど、先にここへやってきた理由を確認しておくべきだ。

手入れが行き届いた庭木を眺めながら、歩いていく。

セトがにやりと笑った。どうやら、俺が何を探しているのかを気づかれてしまったようだ。

「フェイトが植えた木も元気に育っているぞ」

「本当か？」

ほんの少しだけ寄り道させてもらって、噴水近くに植えておいた木を見に行くことにする。

「おおっ、こんなに小さかったのに！　これがあの苗木なのか？」

「そうさ。僕も未だに信じられないけどな」

「大木になっていますね。この感じですと……十年くらいは要していますね」

横に並んだロキシーも驚きを隠せないようだ。

メミルは端から信じていないようで、疑うような目で俺たちを見ていた。

「これはいくらなんでも嘘ですよね。フェイト様も冗談はダメですよ」

「メミル、俺が嘘を言うわけがないだろ。本当に小さな苗木だったんだよ」

兄を疑うとはなにごとかっ！　そんな目で見るんじゃない。

「本当なんだって！　なあ、セト」

「そうですよ、皆さん。なぜだかは、わからないのですけど、フェイトがハウゼンを旅立ってから、信じられない速度で生長したんです」

メミルやロキシーに目の前で起こってしまったことを話してみるが、腑に落ちない顔をしている。

だが、エリスとスノウはじっと大木を見つめていた。

「すごい！　あの木からフェイトの力を感じる！」

そう言って、スノウは大木に飛びついた。

「どうしたんだ？　スノウ？」

俺の声は届かないようで、彼女は心地良さそうに目を閉じてしまった。

蝉のように張り付いたスノウを引き剥がそうとしていると、

「なるほどね。たしかに彼女の言う通りだね」

俺の横に立ったエリスが、優しく大木に手を当てて何かを感じているようだった。

「どういうことだ？」

「この木は君の影響を受けてしまったんだよ」

嫌な予感がした。今までは人だけを変えてしまうものだと思い込んでいたからだ。

「それって……まさか」

「ボクも嘘だと信じたいけど、どうやら君の思っている通りだよ」

エリスの言葉を信じるなら、暴食スキルによる影響は植物にも及ぶようになってしまっていたようだ。

「君は……特別なんだね」

「特別？　エリスにはこんな力は無いのか？」

「無いよ。ボクの色欲スキルで変えられたのは、白騎士の二人だけだからね。ましてや、植物を変えてしまうなんて芸当は、ボクにはできっこないよ」

「これって……いいことなのか？」

俺はこの木を植えるときに、ただもっと大きくなれと願っただけだ。暴食スキルを通して呼応したとでもいうのだろうか？

暴食スキルの力が、俺の思っている以上に強まってしまっているのか？

「良いか、悪いかは、今のところわからない。少なくともこの木は意思を持っているわけではなく。大きくなっているだけだ。実害は無さそうだね」

それを聞いてホッとする俺に、エリスは話を続ける。

「でも、今のところはだよ。これからは、あまり他の物へ強い念を込めないことだね。後になって、この木のように、おかしなことになってしまったら困るだろ？」

「ああ……わかったよ。う～ん、そんなに強く思ったかな……」

本当に大罪スキルの力なのか？　俺はできて、エリスにはできない。その部分に納得できないこともある。しかし、結果だけを見てしまえばエリスの言う通り、強い念を込めるのはやめたほうが良さそうだ。

ロキシーはそんな俺を心配するように見ていたが、すぐに表情を変えた。

「フェイは庭師を目指していた時期もありましたし。この力をうまく使えれば、思うがままに庭が作れますね」

「前向きに考えればそうだな」

「うん、うん。ハート家からブドウ栽培のために送った苗木たちも、あっという間に大きく育つでしょうね」

「それはいいですね。私も早く、ハウゼン産のワインが飲みたいです！　ワインって血の色と同じで、美味しいですよ」

メミルが話に入ってきて、ニッコリと笑って言った。そして俺の首筋を見ながら舌舐めずりをするのだ。

思わず、首筋を隠してロキシーの後ろに逃げてしまった。

「もうっ、メミル！　それくらいにしておきなさい。今晩は私がしっかりと見張りますからね」

「ええっ！　そんな……唯一の楽しみなのに……」

「困ったものだね。メミルは他に楽しみを見つけないとね」

エリスが関係なさそうに、メミルの肩に手を置いて言ってきた。

しかし、ロキシーがその手を掴んで少しだけ怒ってみせる。

「エリス様もです。あなたはこの国の女王様です。なのに……あんなあられもない姿でフェイの横で寝ているとはどういうことですか？」

「えっ……それは……ほら、ボクって色欲スキル保持者だから、すぐに人肌恋しくなってしまうんだよ。こんな感じにね！」

「うあっ！」

二人の話を輪に入れずに聞いていた俺だったが……。突然エリスが抱き付いて、その大きな胸を俺に押し付けてきたから、驚いて声を上げてしまった。

「なにをやっているんですか！　そういうところがいけないんですっ！」

ロキシーが抗議しながら、エリスを引き剥がそうとする。

しかし相手はＥの領域だ。びくともしなかった。

俺のほうは、ここで口を出してしまえば、いらぬ火の粉が飛んできそうなので、静かにしているだけだ。この女性陣との旅で学んだことである。

しっかりと腕を組んだままのエリスは、ロキシーの胸元を見ながらニヤリと笑う。

「ああ、なるほどね。うん、うん……そういうことか」

「なっ、なんですか⁉」

エリスからの視線が、自分の体の一部へ向けられていることに気がついたらしい。

すぐさま、ロキシーは胸元を手で隠す仕草をする。

「ボクみたいにできないから、嫉妬しているんだね」

「なっ、何てことを言うんですか！」

「まあ、落ち着くんだ。まだまだ希望はあるから」

なんの慰めだろうか。ここだけ上から目線の女王様だった。

こういったことは勝ち負けではないと思うのだが……背を向けたロキシーから哀愁が仄かに漂っていた。

なんて声をかけたら良いのだろうか。

人生経験の浅い俺には、良い言葉が思い浮かばなかった。

結局、俺はエリスのおでこを小突いて言うことにした。

「もっと他のところで権威を使ってほしいな」

「あらら、もしかしてフェイト、怒ってる？」

「寄り道はこれくらいにして、そろそろ、城へ行かないと」

「わかってるって」

俺の腕を解放したエリスは一人で城へ向けて歩き始めてしまった。

やれやれだな。さて、大木の周りを駆け回るスノウを捕まえるか。

そんなことをしていると、メミルがしょんぼりとしているロキシーへ声をかけていた。

「ロキシー様も行きますよ！　さあ、元気を出して」

「はい……」

「もう、胸が少し小さいことくらいなんてことないですよ！」

「はっきりと言わないでください！　メミルには私の気持ちはわからないんです」

「あっ、ロキシー様！　待ってください！」

ロキシーは半泣きになりながら、城へ駆けていく。それをメミルが追いかけていった。

こっちもやれやれだな。

捕まえたスノウを抱き上げる。

「まだ、ここで遊ぶ！」

「後でここへ来るから。お城へ行こう！　あっちの方が良いものがあるかもしれないぞ」

「そうなの？　じゃあ、行く！」

一番幼いスノウが、一番言うことを聞いてくれているかもしれない。

やっと城へ入れるぞ。そう思っていると、娘のアンと手を繋いだセトが俺の横に立って言う。

「お前も大変なんだな。初めは、美しい女性たちを連れてきて、羨ましく思ったものだが……女王様、元聖騎士様たち。よく考えれば、並の男ではエスコートできない」

「俺の苦労を……わかってくれるか」

「ああ、僕には何もできないが、頑張れよ」

元妻帯者だったセトから、同情されてしまった。

「おいっ！　何もしてくれないのかよ！」

「当たり前だろ、俺だって命が惜しいんだ。巻き込まれるわけにはいかない。大事な娘がいるからさ」

「命に関わるのか……まあ、みんなとても強いからな」

「そういうことさ。武人ではない僕にとっては、世界が違うから。フェイトにすべてがかかっているからね。ハウゼンに降りかかろうとしている厄災を払う前に、色恋沙汰で都市が崩壊したら笑えないよ。あと、娘の前であのようなことはやめてもらえるかな。教育に悪いからさ」

「はい……肝に銘じます」

娘を思う父親の鋭い眼光に気圧されて、約束するしかなかった。

物腰柔らかなセトも、娘のことになると豹変してしまうのだ。まだ、俺を睨んでいるぞ。あまり俺を信用していないように見える。心外だな、俺は彼女たちをちゃんとエスコートできるはずだ。

「さあ、行こう。先に行ったエリスが気になる」

「たしかにエリス様の自由奔放さだと、お城の中で何をされるか……わかったものではないな」

「急ごう」

思い返してみれば、エリスは不敵な笑みをこぼしながら、歩いていった。

あの顔は碌でもないことを考えているときに見られるものだ。そういえば自室に鍵をかけていただろうか。開けっ放しだったような気がする。

これは本当に急ぐべきだろう。

第3話　フェイトの部屋

俺の不安は、案の定的中した。

城の中に入って、めぼしい場所をあたってエリスを探したが……見つからない。

それどころか、ロキシーとメミルの姿すら見えなかった。

焦る俺にグリードが《読心》スキルを介して言ってくる。

『もうあそこしかないだろ。ちゃんと片付けしているのか？』

「あのときは王都へ急いでいたからな……」

城のメイドたちが部屋の掃除くらいはしてくれているだろうさ。

そう思いながら、自室の前までやってくると、中から声が聞こえてきた。

よく知っている女性の声だ。

「ふむふむ、ここがフェイトの部屋か」

「いけません！　エリス様。外へ出ましょう」

「入ったばかりだよ。探索はこれからじゃないかい？　メミルもそう思うだろう？」

「はい、このお城でのメイド活動において、最優先事項です」

「というわけだから、ロキシーは外で待ってくれたまえ」

「なぜ！　そうなってしまうんですかっ！」

中は大騒ぎだ。どんどん聞こえてくる声が大きくなってきている。

早く、俺の部屋に入って止めないと！　ドアのノブに手をかけたとき、

「ロキシーだって、フェイトの部屋を探索したいんでしょ」

「そんなことは」

「ええぇ～、だってずっと部屋の中をチラチラと見ているし」

「なっ⁉」

あれだけ凛として、エリスの凶行を止めようとしていたのに……ロキシーは狼狽えだしてしまった。

そして、エリスとメミルにあれやこれやと、俺とのことを根掘り葉掘りと聞かれ始めたのだ。

わざわざ俺の部屋で、そんな話をしなくてもいいだろう。

「入りづらい……」

『どんくさいやつだな。さっさと入ればよかったものを。呆れたぞ、それでも俺様の使い手か⁉』

「う、うるせっ」

完全にタイミングを失った。俺の部屋の前で立ち尽くすという、はたから見ればよくわからない行動をとってしまった。たまに行き交うメイドが、事情を知らないために俺を見ては首をかしげていた。

これでも、領主として久しぶりに帰ってきたわけなのだが……。その挨拶もしてもらえないほど、困り果てた顔をしていたようだ。今は取り込み中なので、後にしようという判断だろう。

『いい加減に入ったらどうだ』

「わかっているって」

意を決してドアを開けると、先程までキャッキャと話していた彼女たちが一斉に俺を見つめてきた。

「あらら……本人の登場だね」

「フェイト様、どうされたのですか？」

「どうされたじゃない。ここは俺の部屋だ」

「そうだったんだね。知らなかったよ」

「白々しいぞ」

エリスとメミルは堂々たるものだった。俺の部屋に勝手に入ってあら探ししようとしていたくせに、この態度である。

対照的にロキシーの顔はみるみると赤くなっていった。

「フェイ、先程の話は……もしかして聞こえていました？」

「……ああ」

「うぅぅ……」

俺と目を合わせられなくなったロキシーは、部屋から飛び出していってしまう。

引き止める間もなかった。

開いたままとなったドアを見つめていると、エリスが俺の肩に手を置いた。

ボクは無関係だと言わんばかりの澄ました顔だ。

「盗み聞きは良くないよ」

「お前がそれを言うのか」

「なんのことだい」

「俺の部屋に勝手に入っているだろ」

「それなら、問題ないよ」

どういう理屈だよ！　ここは俺の部屋だ。

エリスは気にする素振りすら見せずに、我が物顔でベッドへ腰を下ろす。

「なかなかの良いベッドじゃないか。今夜はぐっすりと眠れそうだ」

「お前……まさか」

「あはは、ご明察！　フェイトのくせに察しがいいね。メミルもそう思うだろ」

「全くです」

うんうんと頷いてみせるメミル。息ピッタリだな。ハウゼンまでの旅でエリスとかなり仲良くなったようだ。

「勘弁してくれって」

ロキシーが夜のボディガード役を買って出てくれるらしいからな。

この調子では、俺のベッドの上でエリスたちと大騒ぎしそうである。

俺は……今夜眠ることができるのだろうか……。

「どうしたのかい？　顔色が悪いよ」

「あらら、それは大変ですね。今晩はしっかりとフェイト様を看病してあげないと」

「お前らが原因なんだよっ！　もう早く俺の部屋から出ていってくれ！」

「「えええっ」」

エリスとメミルは不満そうな視線を俺に向けてくる。

いやいや、それは俺がすることだろう。

彼女たちの背中を押して、部屋の外へ連れて行こうとする。しかし、突然の破壊音と共に元気な声が聞こえてきた。

「フェイト、見つけた！　私も遊ぶ！」

「俺の部屋がっ!!」

有り余るステータスによって、ドアを吹き飛ばしたスノウの登場である。ドアはそのまま俺の頬を掠めていき、窓を突き破って彼方へと飛んでいった。

何てことだろうか……帰宅してすぐに俺は自分の部屋を失ってしまった。

唖然とする俺に、先程まではしゃいでいたエリスとメミルも、同情するような目を向けてくるほどだ。

「あはは……これは風通しが良くなったね。ボクはそろそろ客室へ行こうかな」

「……箒とちりとりを持ってきますね」

俺とスノウを残して、二人はそそくさと部屋から出ていった。

代償はあったが、これで静かになったかな。と思いたいところだが、

「スノウ、ドアを壊したらダメだろ。この前に、浴場の壁を壊したときも言っただろ」

「あっ！　忘れてた……ごめんなさい」

このうっかり屋さんめ！　と言って頭を撫でてやりたいが、これを許容しては城が穴だらけになってしまう。せっかく綺麗に改修された城の崩壊の危機である。

しかし、シュンとなっているスノウにこれ以上言うことはできなかった。

この子は、興味があることに集中すると、とんでもなく忘れっぽくなるところがある。

初めは記憶を無くしていることに関係しているのかと思った。だけど、ずっと一緒にいて彼女を知っていくうちに、そういう性格なのだとわかってきた。

おそらく、今回ドアを壊さないようにと注意しても、うっかり忘れてしまうだろう。Eの領域で力がでたらめに強いから、目が離せない子である。

そんな力を持ったスノウに腕を引っ張られながら、おねだりされる。

「ねぇねぇ、お城の冒険がしたい！」

「これからセトと話があるんだけど、後からじゃダメか？」

「今がいい！　今、今！」

ふぅ〜、この調子でセトと話せば、スノウが横で駄々をこねて大変だろうな。ここは素直にスノウを案内して、疲れたところでお昼寝でもしてもらおう。

「わかったよ」

「やった！　行こう！」

やれやれ、破壊された入り口を通って、部屋の外へ。

すると、廊下の先にある曲がり角から、金髪がチラチラと見えるではないか。

スノウに静かにしているように小声で言ってから、そっと彼女のところへ近づいていく。

そして、顔を出して俺たちの様子を窺(うかが)おうとしたときに、軽く驚かせるつもりで「わっ」と言った。

「キャッ!!」

思いの外、びっくりさせてしまった。

本人は隠れたつもりだったらしく、俺がすぐ側まで近づいていたことに気が付いていなかったようだ。

「フェイ、驚かせないでください」

「そういうロキシーは、こんなところで何をやっているの？」

「そ、それは……」

言いよどむロキシー。じっと見つめていると、彼女は目線をそらしながら、

「エリス様とメミルが気になっただけです。それにすごい破壊音が聞こえましたし……こ

れで気にならないほうがおかしいですよ」

「たしかにそうだね」

すでに騒ぎを聞きつけた城の使用人たちが、集まりつつあった。

俺はすぐに事情を話して、部屋の修理をお願いしておく。見立てでは、ドアと窓を新調するくらいなので、数日で直せるという。

「それまでは、俺も客室で休ませてもらうかな」

「でしたら、私の部屋にベッドの空きが一つありますから、丁度いいですね」

「本当に同じ部屋で寝るの？」

「もちろんです！　エリス様やメミルは放っておくと大変ですから！　それに忘れてはいないですか？」

「ん？　なに？」

「勉強ですよ。以前にマンツーマンで教えると言っていました。色々あって、おざなりになっていましたが、遅れた分もしっかりとしますからね」

えええっ、勉強!?　すっかり忘れていた。俺もスノウのことをあれこれ言えないな。

がっくりと肩を落としていたら、スノウが袖を引っ張ってきた。

「お城の案内！」

「そうだった。ロキシーもどう？」

「仕方ありませんね。ですが、夜はみっちりと教えますから、覚悟してくださいね」

「……わかっているよ、先生」

「よろしい！」

スノウとロキシーを案内した後、セトと話し合い。そして、夜はロキシー先生がつきっきりで勉強を教えてくれるという。

うん、これは忙しくて大変そうだ。

第4話　精神世界

真っ白な世界が広がっていた。

今では見慣れた景色。ここは、ルナが用意してくれた精神世界だ。

どうやら、セトたちとの話し合いをした後に、ロキシーから勉強を見てもらっているうちに眠ってしまったようだ。

机に突っ伏して爆睡してしまったかもしれないな。そうなると、ロキシーに迷惑を掛けてしまっているかもしれない。

目覚めないと思ったが……。

「ルナ」

この世界の管理者を呼んでも、全く反応はない。静まり返ったどこまでも白い空間だけだった。

「グリード」

ルナと共に、俺の修行に付き合ってくれている相棒の名も呼んでみる。

結果は同じだった。聞き慣れた憎まれ口が返ってくることはない。

まさか精神世界に閉じ込められてしまったか？

いやいや、そんなことはないはずだ。

なぜなら、ここはルナが暴食スキルから俺の心を守るために作ってくれた世界。必ず、ルナがどこかにいるはずだ。

何度も彼女の名を呼ぶが、姿を現すことはなかった。

「どうしてしまったんだ……」

今までにない状況にしばらく立ち尽くしてしまう。ふと足元を見ると、自分の黒い影が現れていた。

おかしい……ここは精神世界だ。現実とは違って影は現れない。

「何で……俺の影が？」

屈み込んで、影に触れようとしたが、

「避けた！」

その影がぐにゃりと歪んで、俺の手から逃げたのだ。

そればかりではない。俺の足元の繋がりからプツリと切れて離れていく。

まるで影が意志を持っているかのように、影は形を成していく。

「お前は……」

そして俺のよく知った者へ。

鏡を見ているようだった。

だがそいつは、俺とは決定的に違っている部分を持っていた。

それは忌避するくらいの真っ赤な両目だった。

醜悪な笑みをこぼしながら、手を俺に向けた。すると、影が手から伸びていき見たこともない武器が現れた。大剣といえば、いいのだろうか。

刃は柄を覆う形をしている。俺から見ると、柄の無い大剣のようだ。

攻撃力だけに特化したような漆黒の大剣。その様相はグリードやスロース、エンヴィーといった大罪武器とよく似ていた。

明らかに俺に敵意を向けている。あの目には俺が邪魔で邪魔でどうしようもないという異常な憎しみを感じる。

かなりやばいかもしれない。

理由は簡単。俺には武器が無いからだ。素手で戦うには相手が悪すぎる。

だが、影は獣のような奇声を上げると俺に襲いかかってきた。

初撃をなんとか躱す。黒大剣が真っ白な地面に食い込む。

「なっ！」

途端に黒大剣から真っ黒な色が溢れ出した。あれだけ真っ白だった地面が瞬く間に、塗りつぶされていく。

それと同時に、体に引き裂かれるような痛みが駆け抜けた。

「ダメージを受けたのか……一体何をやった？」

影は俺の言葉に応えることなんてなく、次の斬撃を繰り出そうとしていた。

躱すには間合いを詰められすぎている。だが防ごうにも武器を持っていない。

斬られる……。

『待たせたな』

「グリード！」

俺の手元に光を帯びながら現れた相棒。

力強い言葉に背中を押されて、影から斬撃を受け止める。

『苦戦をしているようだな』

「こいつは一体、何者なんだ？」

『もうわかっているだろ』

「……」

俺の影から生まれてきた。そして、俺そっくりな姿をしている。

『お前だよ。もう一人の自分……暴食スキルに侵された部分。そいつがとうとう力を持って、ルナが作った世界まで上がってきてしまった』

「それって」

『今までは、お前が暴食スキルに飲み込まれるのをじっと待つだけだった。だが、奴は自身の力をもってお前を飲み込もうとしている。前にも言ったが、ここでの死は心の死を意味する』

「つまり、あの影が俺を殺せば……」

『暴食スキルはお前を乗っ取り、現実世界で暴走する』

くそっ、黒大剣を押しのける。

このままやられてしまったら、暴走した俺はハウゼンを崩壊させてしまう。

影から距離を取るために、大きく後ろへ飛ぶ。

『あれの影響で、ルナがこの精神世界をうまくコントロールできなくなっている。俺様はルナから救援を求められて、ここにやってきているがこのざまだ』

俺の手に黒剣としてグリードは存在していた。精神世界ではいつも人間の姿にもかかわらずだ。

『それだけあれの力は強まっている。この意味がわかるな』

「ああ、俺でどうにかしろってことだろ」

『わかっているじゃないか』

黒剣が俺の手にあるだけで、この上なく心強い。

「いくぞ、グリード」

『おう』

襲いかかる影の斬撃を受け流す。生じた隙に渾身の一撃を叩き込む。袈裟斬りで仕留めるはずだった。だが、影は身を捩って致命的なダメージを回避してみせた。

俺の足元に落ちる影の片腕。

これで、あの黒大剣をうまく扱えなくなったはず。

あれほど、俺に声を上げて襲いかかっていた影が初めて飛び退いた。

俺はそれを見逃さなかった。

「畳み掛ける」

『奥義だな。ここではリミッターが無いからな』

「ああ、全力でいくぞ」

黒弓に形を変えて、第二階位の奥義《ブラッディターミガン》を発動させる。

ここは精神世界。ステータスの贄は必要ない。

奥義の100%を引き出すことができる。更に、奥義を変遷させて《ブラッディターミガン・クロス》として放った。

普通なら死を意味する、ステータスの100%をグリードに捧げるという荒技だ。

とてつもない巨大な黒い雷光が、二重螺旋となって影に襲いかかる。

影は奇声を上げながら黒大剣を構えて抗おうとした。しかし、圧倒的な力の前に何もできずに飲み込まれていった。

後に残ったのは、ボロボロとなり形が保てなくなりつつある影だった。

近づいた俺に、影は初めて理解できる言葉を発した。

「お前は……俺のもの……だ」

それを聞いたとき、思わず影にとどめを刺していた。あの憎らしい顔に耐えきれなかったのだ。

影は完全に形を失って、真っ白な地面に黒いシミとなっていく。しばらくすると、そのシミも消えていった。

「なんとか、倒せたようだな」

　グリードの声が俺の後ろから聞こえてきた。手元にある黒剣ではない。そう思いながら振り返ると、人の姿をした彼がいた。加えて、ルナもグリードの隣に立っていた。

「うまくいってよかったわ。一時はどうなるかと思ったもの」

「ルナ、これであの影はもう襲ってこないのかな?」

　影が最後に残した言葉がずっと頭の中にあったからだ。

「無理ね。だって、これはあなたの暴食スキルが発端となっているのだから。あなたが暴食スキルを持っている以上逃れることはできない。今は侵食されている心がまだ多くないから、フェイトのほうが優位になっている。だけど……」

「そのうち、それが逆転してしまう」

「ええ、私の力で暴食スキルとフェイトの間に、この世界である壁を作った。それを暴食スキルが越えようとしている。ごめんなさい……」

　ルナの様子からは、これ以上に彼女にできることはないのが窺えた。

「まだ時間はあるし、お前のほうが優位だ」

　グリードがそう言いながら、俺の肩に手を置いた。

　俺は頷いて、ルナに向けて言う。

「そんな顔しないで、ここまでやってこられたのはルナが守ってくれたおかげなんだから」

「ありがとう、フェイト」

「お礼を言うのはこっちのほうさ。ありがとう、ルナ。ねぇ、一つだけ聞いてもいいかな？」

「ええ、いいわよ」

「もしも俺が暴食スキルに飲み込まれたら、ルナはどうなってしまう？」

彼女はニッコリと笑って、

「この下にある無間地獄に落ちるわ」

あっけらかんと言ってみせる。横で聞いていたグリードも口をあんぐりと開けて呆れてしまうほどだ。

マインといい、本当にこの姉妹は……自分のことになると本当に無関心だな。

何が何でも、あの影には負けられない。

「さあ、そろそろ朝になるわ。フェイトは元の世界に戻りなさい。戦いによって壊されたところの修復は私のほうでやっておくから」

ルナはそう言って、俺を現実の世界に送り出してくれた。

第5話　目覚めの朝

「おはよう、フェイ！」

優しい声がとても心地良い。あの精神世界での戦いによって傷んだ心が癒やされるようだった。

ゆっくりと目を開けると、朝日を浴びながら微笑むロキシーの顔が飛び込んできた。

「おはよう」

「ぐっすりと寝ていましたね。頬を何度もつついても起きなかったし。もしかして、夜の勉強のせいだったりします？」

「半分当たりかな」

「コラッ」

あのマンツーマンの勉強……そのなかでロキシー先生の厳しい指導を思い返してみれば、当然の帰結だろう。

素直に言ってみたのだが、お気に召さないようでデコピンを頂いてしまった。

痛くはなく、彼女らしい優しいものだった。

「ごめん」

「謝ることはないです。昨日は私も少々張り切りすぎたかなと思いますし。フェイは飲み込みが早いので教えがいがあります。この調子なら、お城で重要な役を授かるのもすぐでしょう！」

「あははっ……俺にはそういうのは似合わないかな」

「何を言っているのです。フェイはバルバトス家の当主ですよ。五大名家としての自覚をもっと持ちなさい。それに心配することはありません。私が手取り足取り教えますから！」

「……お手柔らかにお願いします」

朝からハイテンションなロキシー。握った拳を天へ突き上げて宣言していた。

こうなった彼女を止められる者はいない。どうやら今日の勉強は昨日よりも大変になりそうだ。

また疲れ果てて机で寝てしまうかもしれない。あっそうだ！

「昨日はありがとう」

「ん？　どうしたのですか？」

「ほら、机で寝てしまったみたいなのに、こうしてベッドで寝ているからさ。ロキシーが俺を運んでくれたんだろ？」

「そのことですか。私はこう見えても力持ちですから」

知ってる。ロキシーは聖騎士だからな。

ハート家の使用人をしていた頃を思い出す。たしか……城下町の視察に同行した際に日頃のお礼としてプレゼントした宝石の原石を素手で割っていたし。もちろん、強い魔物との戦闘も単独で遂行できるほどだ。

俺の体重くらい片手で簡単に運んでしまえるだろう。

ロキシーにそんなことをさせてしまっている姿を想像して苦笑いしてしまう。

「そういえば、ロキシーって昨日はどこで寝たの？」

「もちろん！　ここです！」

「えええええっ!!　本当に!?」

「そうですよ。大変だったんですから！」

「えっと……まさか」

俺の頭の中で、エリスとメミルの顔がすぐに浮かんだ。しかも二人とも不敵な笑みをしている。

「フェイの予想通りです。深夜の戦いは熾烈を極めました」

よく見れば俺の部屋は散らかっていた。それを見回していると、ロキシーが慌てて片付け出したのだ。

「すみません。フェイの部屋を荒らすつもりはなかったのですが……」

そして俺も加わって床に落ちてしまった物を棚や机に戻していると、中からよく知った尻尾が現れた。この……サソリの尻尾は……まさか⁉

掴んで引っ張り上げると、現れたのはスノウだった。

彼女は眠そうに目を開けると、あくびを一つ。

「おはよう！」

「お前……なんでここにいるんだ」

「みんな楽しそうに遊んでいたから、混ざった」

「あれは遊びではないです！」

ロキシー曰く、途中から三つ巴の戦いになって大変だったようだ。その中でスノウがこっそりと部屋に紛れ込んだらしい。

「でも、フェイトは寝ているし、みんなかまってくれなかったのでここで寝ることにした」

「それで埋もれてしまったわけか。よく起きなかったな……」

スノウのほっぺをつまみながら呆れていると、ロキシーが何かを言いたそうに見ていた。

「えっと、何か？」

「それを言うなら、フェイも同じですよ。疲れていたと言っても、あれだけ大騒ぎしている中で全く起きなかったのですから」

「たしかに……そうだね。アハハハ……」

精神世界に閉じ込められてしまい、影と戦っていたのだ。起きられるはずもなかった。

「ん？　どうしたのですか？」

「いや……本当に疲れていたんだなって思ってさ」

彼女は今悩みを抱えている。そのため、俺のことで負担をかけたくなかった。だから、咄嗟にごまかしてしまった。

「ハウゼンに来るまでいろいろとありましたし、仕方ありませんね。特にフェイは父上のこともありますし」

「父さんか……生き返ったことを本来なら喜ぶべきなんだろうけど」

「その気持ちは少しわかります。私も父上が生き返りましたから……嬉しいですけど、本当にこれは良いことなのかと、不意に思ってしまいます。フェイの父上の場合は、行動に謎な部分がたくさんありますし」

「ライネ誘拐に、賢者の石を強奪か……やりたい放題だな」

そんな俺にロキシーは指を左右に振りながら言う。

「でも、砂漠で私たちを助けてくれました」

「……うん」

あのときは、子供の頃から知っている父さんだった。だけど、彼の地への扉を開こうとしているのだから、俺たちにとっては敵になってしまう。

「マインと同じ目的だから、ハウゼンへ父さんも来ているかもしれない」

「そうですね……それにオアシスで出会ったライブラも気になりますし」

昨日のセトとの話し合いでは、父さんやライブラに似た人が見つかったら報告してほしいとお願いはしている。といっても、順調に復興を終えて、発展し始めたハウゼンにはたくさんの人が訪れるようになっていた。

ゆえに、人手不足も重なって検問が手薄になっているのだ。

マインに似た人物の姿を見たという報告は、運が良かったに過ぎない。

スノウをベッドの上に座らせて、片付けの続きをしていく。

「これで、綺麗になったかな」

「いい感じです。では、私たちは着替えてきますので、フェイも身支度が終わったら朝食にしましょう」

「ああ……ん？　もしかして、ロキシーが作ってくれるの？」

「もちろんです。フフフッ……」

スノウを脇に抱えて、ウインクしてくるロキシー。

相当自信があるのだろう。これは気合を入れて、朝食を食べなければいけない。

「フェイ、では後で」

「バイバイ、フェイト！」

「朝食でな」

ロキシーに抱えられながら、スノウは元気いっぱいに手を振っていた。どうやら、ハウゼンに来るまでにロキシーにも慣れてくれたようだ。いつの間にか、ロキシーは彼女を「スノウちゃん」と呼ぶようになっているし。

あとはエリスと仲良くしてほしいのだが……やっぱり難しいのかもしれない。

そんなことを思いながら、部屋を出ていく彼女たちを見送った。

スノウは聖獣人という特別な種族らしい。

エリスはそんな聖獣人たちに酷い仕打ちをされてきた過去がある。特にライブラとの因縁が大きかった。同族であるスノウを通して、どうしても彼を思い出してしまうようだ。

昨日の夕食のときのことだ。

スノウに飛びつかれたエリスは表面上ではにこやかだったが、顔からものすごい冷や汗をかいていた。おそらくあれはトラウマが発動していたのだろう。

飄々(ひょうひょう)とした顔をいつもしているエリスの珍しい表情が頭に浮かぶ。未だにあの調子でライブラと戦えるのか、不安が残った。

手早く着替えを済ませて部屋を出た。手に持った黒剣グリードもちゃんと握っている。

『昨日は大変だったな』

「一時はどうなるかと思ったけどさ」

『ルナが今以上に守りを強固にするって言っていることだし、今日明日また襲ってくるってことはないだろう』

「それを聞いて安心したよ。毎日は辛そうだし」

さて、朝食を終えたら、街へ出るとするか。

マインらしき人物を目撃したという場所へ行ってみるつもりだ。一緒に都市の発展状況も見ておきたいと思う。

第6話　発展する街

手には先程買った菓子パン。それをたまに口に運びながら歩いてる。

「これは美味しいですね」

「うん、うまい！」

ロキシーとスノウは甘いものが大好きのようだ。エリスやメミルもハウゼンへ来るまでの旅で、よく甘いものを食べていたし。女性はこういったものが好きなのかもしれない。

「ん？　フェイはこういったものがあまり好きではないのですか？」

考え事をしていたから、難しい顔をしていたのかもしれない。ロキシーにいらぬ心配をかけてしまった。

「そんなことはないよ。この赤いジャムが美味しいと思うし。えっとこのジャムは……」

「ラズベリーですね」

「それそれ。ハート領からの支援で、ブドウと一緒に栽培方法を教えてもらったね」

ロキシーが、果実の名前を覚えていなかったことに頬を膨らませて不満そうな顔をするので、俺は慌てて言い訳をする。

それを聞いていたグリードに笑われてしまった。

あまりに高笑いするものだから、黒剣で小突いてやる。

「おかげさまで、ブドウもラズベリーもしっかりハウゼンの土地に根付いたよ。これもロキシーの協力が無かったら、無理だったよ。改めて、ありがとうございました」

「いえいえ、私は大したことをしていません。褒めるべきはハウゼンへ赴いてくれた領民たちですよ」

「そうだね」

果実園はここから少し離れた場所にあるため、今日のところは挨拶に行けそうにない。

心の中で感謝の言葉を述べて、ラズベリーパイを頬張る。

ロキシーはハウゼンにやってきてから、ハート領とは違った街並みに興味津々のようだ。

「フェイ、あれはなんですか？」

嬉々した瞳の先には、お店の壁に吊り下げられた看板。

だがよく見るものとは違う。看板に描かれた宿屋を示すマークがきらびやかに発光していたからだ。

「魔導技術を転用したものだよ。大気に含まれている微量な魔力に反応して発光する塗料を使っているんだってさ」

これはセトから教えてもらったことの受け売りだ。彼はハウゼンの街に新しい技術が利用されるごとに、手紙に書いて伝えてくれていた。

目の前で光り輝く、看板を眺めていると、スノウに手を引っ張られる。

「どうした?」

「あの人がずっと見てる」

「「えっ?」」

そう言われてスノウが指差す方を見れば、手をすり合わせながら宿屋の主が近づいてきていた。

「お泊まりですか? 安くしておきますよ。お若いお二人にとっておきの部屋もありますよ」

「「ええええっ⁉」」

俺とロキシーは、通行人が振り向いてしまうほどの大きな声を出してしまった。そして、しどろもどろになってしまう。

「そういう意味で見ていたわけではないですっ! 失礼します!」

「ロキシー！」

彼女は慌てながら、俺の空いた片方の手を握って、歩き出した。

そして宿屋が見えなくなったところでクスリと笑ってみせる。

「ああ……驚きました。このような朝からあのようなことを言われてしまうなんて……」

「だな……。もしかして、俺たちはそう見えたのかな……」

しばらく見つめ合っていると、

「……ダメですよ。今は！」

冗談で言ったつもりはなかった。ロキシーはニッコリとした顔をしながら、俺のおでこを指で優しく弾いた。

「マインの行方を調べないとな。でも、この露店街で似た姿を見たというけど……」

「すごい人の数ですね」

「いっぱい！　いっぱい！」

一つ路地を進んだだけなのに、これほど変わってしまうとは……。

スノウはこれだけの人々を見るのは初めてのようで、飛び上がって興奮していた。

しかし、白いローブの下からチラチラとサソリの尻尾が覗いてしまうので慌てて落ち着かせる。

彼女は聖獣人という俺たちとは違った存在だ。ぱっと見は人間と同じ姿なのだが……あの尻尾だけは明らかに異質なものだ。人によっては恐れて騒ぎになってしまうかもしれない。

だからスノウにはできるだけ、人間と同じようにさせている。

「おいっ、コラッ！　暴れるな！」

「いやっ！　私もあそこで遊ぶ」

大道芸人たちは、日頃の練習した成果をお披露目していた。それを楽しそうに遊んでいると勘違いしているようだった。

「あれは遊んでいるわけじゃない」

「むむぅぅ〜」

信じられないほどの力で俺の拘束から逃れようとするスノウ。

さすがは……Eの領域のステータスを持っているだけはある。この破壊の権化のような子供を露店街に放っては、蹂躙されてしまうこと間違いなしだ。

あの滅びの砂漠で、エンシェントスコーピオンの姿で俺たちを苦戦させた力が思い出せる。

芋虫のようにくねくねと体を器用に動かして、俺の腕から逃れようとする。

「このっ」

「あははっ」

いけない！　このままでは大道芸人たちへ突撃してしまう！

と思ったとき、ロキシーが何かをスノウの口の中へ突っ込んだ。

「ん⁉」

「どうですか？」

「…………うまい！」

ロキシーが俺とスノウがもみ合っているときに、近くの露店で串に刺した甘い揚げパンを買ってきていたのだ。

がむしゃらにスノウはそれを食べるのに夢中になっている。この様子なら大道芸人たちのことは頭からすっかり忘れているだろう。

なんとかロキシーの機転によって、露店街の蹂躙は回避されたようだ。

俺はむしゃむしゃと食べるスノウの首根っこを持ち上げながら、

「助かったよ、ロキシー」

「いえいえ、このくらいお安いご用です！　なにせ、私はこれでも子供を扱えるように勉強してきましたから！」

腰に手を当てて高らかに言い張るロキシー。

聞けば、俺が使用人だったときの話だ。王都の街の視察で二人で出かけた折に、迷子の子供に助けようと近づいて大泣きされたことがあった。それ以来、密かに子供と仲良くなれる方法を勉強していたようだ。

スノウと仲良くなれてきたことが、自信につながったようだ。

出会ったはじめのうちは、ロキシーから距離をとっていたスノウだった。近づこうとしても逃げられるたびにロキシーが肩を落としていたのをよく覚えている。

それを思えば、随分とスノウとの距離が縮まったな。ロキシーの頑張りには頭が下がる。

「ほらほら、もう一本ありますよ」

「おおおっ！」

仲良くなっているというか……餌付けされているといったほうが正しいか。

でも、ロキシーの満足げな顔を見ていると、これからも一歩一歩と焦ることもなくやっていくのも彼女らしいと思った。何事にも生き急いでしまう俺にとっては、ロキシーのそばにいると安心するのだ。

微笑ましい二人の姿を見守っていると、突然に背後から鋭い視線を感じた。

それは俺だけに送られたもの。なぜなら、行き交う人々、そしてロキシーやスノウは一切気が付いていないからだ。

　こんな器用なことができてしまうなんて、相当な手練だ。

「グリード……」

『ああ、こいつは間違いなさそうだ』

　グリードの言う通り、俺たちはこの視線を覚えている。いや、頭に焼き付けられていると言っていい。

　荒野のオアシスに潜む都市喰いの魔物を滅ぼした男。その魔物の恩恵によって暮らせていた住人たちを追い出し、路頭に迷わせた。

　都市喰いの魔物は素晴らしい環境を与えて、人間を誘い込む。そして遠い未来に、それらの子孫を喰らうという。

　だからアイツのしたことは一概に非難できるものではない。

　マインと訪れたときに、彼女に教えてもらった。あの都市喰いの魔物が動き出すのは数百年以上先だった。時間はまだたくさんあった。その間にそこに住まう人々を説得して、移住先を探していくこともできたはずだ。すぐに都市喰いの魔物を倒す必要なんてなかった。

　でも、あの男はそこに生きる人々のことなんてお構いなしだった。

あの瞳からは、この世界にとって悪ならば許すことはないという強い意志を感じた。後ろを振り返ると、そこには柔和に微笑むライブラが立っていた。だが、その瞳は恐ろしいくらい冷たい色をしていた。

「やあ、フェイト。また会ったね」

彼は聖職者のような服の裾を翻(ひるがえ)して、俺に近づいてくる。さすがにロキシーとスノウも気が付いて警戒するように身構えた。

「あら、もしかして僕は怖がられているのかな？」

「当たり前だろ。オアシスの一件を忘れたとは言わせないぞ」

「ん？　オアシス……ああ、あれか。大したことじゃないだろ。そんなことよりも、こんなにのんびりとしていていいのかな？」

彼は更に俺に接近して、耳元で囁(ささや)く。

「早く彼の地への扉を閉じないと、ここもあのオアシスのようになってしまうかもね」

第7話　ライブラの誘い

とんでもないことを言われて、黙っているわけにはいかない。

ライブラを睨みつけながら、

「ふざけるな！　そんなことが許されるわけがないだろ」

だが、彼は飄々とした顔のままだった。

それは、俺のこと……いやここにいるすべての人に対して、まるで上位の存在であるかのように思わせる余裕を感じた。

「まあ……そんなに怒らない。おやおや、そこの二人にも睨まれてしまっているね。ああ……僕はいつだって悪役になってしまうんだよ」

「当たり前だ。ハウゼンを破壊するって言うからだ」

「もしもさ。それに考えてみたまえ、世界の危機をハウゼンだけで防げるんだよ。全体からしたら、大したことはない」

「ライブラ……お前」

「それに、猶予を与えているはずだけど？　まだマインを見つけ出せないのかい？」

ライブラは純白の服を翻して、挑発的な視線を送ってくる。それにすぐさま反応したのはスノウだった。

ロキシーが慌てて、押さえ込もうとする。しかし彼女の力は止めることができなかった。

俺も止めようとした。それをかいくぐって、ライブラに飛びかかる。

「お前は嫌いだ！」

スノウは手加減を全くしていなかった。今の彼女が持てるすべてのステータスが込められた一撃。

それをライブラは容易く止めてみせた。しかも、あれほどの一撃を受け止めたはずなのに、何の衝撃音も響かなかった。

「不要な感情を持ってしまったみたいだね。残念だよ……しかし」

ライブラがスノウの頭をわし掴みにする。彼女は逃れようと暴れていた。さすがにこれはまずい。

俺は黒剣に手をかける。しかし、それよりも早く、俺たちを制するようにライブラが口を開く。

「危害を加えるつもりはないよ」

その言葉と共にスノウを掴んだ手が光り輝く。

「忘れ過ぎた記憶を、彼女に与えただけさ。これで少しは使い物になるだろう」

ニッコリと笑って、静かになったスノウを俺に投げつけてくる。

その様はまるで人ではなく、物を扱うようだ。

「スノウ⁉」

受け止めて、スノウの状態を確認する。

意識を失っているだけのようだった。

「ほら、怪我はしていないだろ？　彼女とは長い付き合いだからね。これでも丁重に扱っている」

相変わらず愛想が良さそうな顔をしているライブラに、ロキシーが俺に代わって言ってくれる。

「先程、記憶を与えたと言っていましたね。それはどういうことですか？」

「これはこれは、ロキシー・ハート様ではないですか。このような危険な場所は、あなたに似合いませんよ」

ライブラはそう言いながら首を横に振る。ロキシーだけに皮肉たっぷりだった。

しかし、ロキシーは受け流して話を進める。

「力不足は承知の上です。それよりも教えてください。記憶とは何ですか？」

「君はそういう子だったね。いいだろう。教えてあげるよ。僕たちは、どうしても聖騎士には甘くなってしまうし……」

聖騎士には甘い……独り言のようだった。それゆえに訳を語るつもりはないようだった。

だが、ロキシーのお願いを聞いてくれた。

「これは話しておかないと、君たちはずっとここで留まってしまいそうだからね」

ニッコリと笑って、ライブラは話を進める。

「彼女には、僕の記憶の一部を分け与えた。このハウゼンができるずっと前の記憶さ」

「それは……もしかして」

「察しが良いね。話が早くて助かるよ。そうだよ。ガリアがこの世界を支配していた時代の記憶さ」

彼は自分の頭を指差した。その後、ゆっくりとスノウの頭に向けた。

「ライブラ……お前……」

なんてことをしてしまったんだ……俺はライブラに掴みかかろうとするが、いとも簡単に躱されてしまう。

「どうしたのかな、フェイト？　何をそんなに恐れているんだい？」

「それは……」

未だ意識を失っているスノウを一瞥して、すぐにライブラを睨む。

「ああ……わかっているよ。記憶喪失のスノウが本来の自分を取り戻したら、敵対してしまうかもしれないからね。今はEの領域を持ちながらも、幼く人畜無害だからね。それが襲いかかってくるかもしれないと考えれば、恐れるのも仕方ないね」

「……」

「なるほど、図星のようだね」

言葉を返せない俺を見て、ライブラは満足そうだった。

そんな様子を見かねたロキシーが俺の手を握ってくる。

「そのようなことはしません！　記憶を失っているのなら、それならばこそ、今の彼女が本当のスノウちゃんです。だから、フェイトも彼女を連れて行くと決めたなら、信じてあげてください」

「ロキシー……ごめん」

エンシェントスコーピオンとの戦いの余韻が、まだ俺の中で残っていたようだ。あの姿でハウゼンで暴れられたら、どうしようかと無意識の内に弱腰になっていたのだろう。

そんな俺たちにライブラは言い放つ。

「それを決めるのはスノウさ。それだけは忘れてもらっては困るね。長く生きれば生きるほど、多くの柵が生まれて、それらからは逃れることができなくなっていくものだからね」

スノウと同じ聖獣人だというライブラ。

先程の会話からも、彼らはガリアが繁栄していた頃から生きているらしい。

本当のところは、今はまだ確証を得ていない。マインもその頃から生きていたというので、彼女の意見を聞いてみるのもいいだろう。

なんにせよ。ライブラの言葉を信じるなら、スノウは失った記憶の一部を植え付けられたか、または取り戻したようだ。

それを得て、彼女が俺たちに対してどういった行動に出るかは、未知数だということだ。

ライブラはしばらくスノウを見つめていた。

そして、もう用は終わったと言わんばかりに背を向けて歩き出した。

「助力はした。次は、君の番だ。失敗は許されないよ」

「ライブラ……」

「じゃあ、また」

そして、ライブラは手を軽く振った後、大通りを行き交う人混みの中へ消えていった。

その瞬間、ライブラと会ったときから感じていた異質な圧迫感から解放されたような気がした。

ロキシーも同じような感覚だったようだ。

「フェイ……ライブラがいたとき、街の人の様子がおかしくなかったですか?」

そう言われて、ハッとさせられる。たしかにロキシーの言う通りだ。

大通りから外れた場所とはいえ、少なからず人の行き来はある。

あれほどライブラと俺は、一触即発な状態だったはずなのに、通り過ぎる人たちは無関心だった。

しかも、ライブラは幼い姿をしたスノウの頭を鷲掴みにもしていた。さらには、手を光らせて彼女に記憶を与えさえしていた。

それなのに全くと言っていいほど、騒ぎが起きなかった。

「あれは、ライブラのスキルだったのかな?」

「わかりません。知るにはフェイの鑑定スキルと言いたいところですが……」

「おそらく、防がれるだろうな」

その方法は過去にアーロンから教わった。

鑑定スキルを発動させるときに、特有の眼球運動をしてしまう。そのタイミングに合わせて、魔力を発すると視覚を一時的に奪うことができるというものだ。

そして、その魔力がEの領域なら、強力過ぎるために失明すらもしかねない。

「まあ……鑑定スキルはいとも簡単に相手の情報を得られるから、便利過ぎるスキルゆえのってやつだね」

「対策もされやすいですね。それにしても、ライブラはオアシスで生命力を奪うようなこともしていましたし。今回の力といい……底知れなさを感じます」

ロキシーが言ったことには俺も同意だ。

普段は飄々としている。だが、怒らせたら何をしてくるのか……予想できない怖さはある。

そして、ライブラは俺たちを圧倒できるほどの力があると感じさせる。そんな独特な雰囲気を持っていた。未だに俺たちはライブラが立ち去った方向を見つめていた。

しばらくして、彼が与えた記憶を受け取ったスノウがゆっくりと目を覚ます。

俺たちは息を呑んだ。

彼女のことを信じると言っていたにもかかわらず、身構えてしまった。

なぜならば、目覚めたスノウはEの領域にある魔力を発してきたからだった。

第8話　スノウの聖刻

スノウの顔には赤い入れ墨——聖刻が浮かび上がっていた。

テトラで、ライブラが言っていた。

これは神からの天啓だと……。そうなら、スノウに今起こっていることは、神からの導きなのか⁉

「フェイ！」

「これが取り戻したものなのか？」

唖然とする俺たちにグリードが声をかける。

『何が起こるかわからないぞ。俺様を魔盾にしろ』

その言葉に我に返ってすぐさま、鞘から黒剣を引き抜く。そして、黒盾に変えてロキシーの前に立った。

「街が……」

あの莫大な魔力を放出するかもしれない。そうなれば、俺たちがいる場所を中心として、大きな被害が出てしまう。

スノウから放たれた魔力は予想通りのものだった。

あまりの大きさに昏倒してしまうほどだ。もし、黒盾の後ろにいなかったら、気を失っていたかもしれない。

「大丈夫？」

「ええ、頭が少しクラクラとするだけです」

「よかった……。街の被害も」

そう言いながら、あたりを見回していると、

「フェイ、見てください！」

ロキシーが指差したところを見ると、地面がポッカリと穴を開けていた。

綺麗に整備された石畳だったのに……。覗き込むとかなり深そうだ。

「下へ潜っていったみたいですね」

「ハウゼンの地下ってことか……」

「そのようなところはあるのですか？」

「聞いたことはないな。あるとしたら下水道が通っているくらいしか」

アーロンからハウゼンの歴史は、千年ほどだと聞いていた。

その歴史の中には、地下について言及するものなどなかったはずだ。

「ただ地中へ潜ったとは考えられませんけど……」

「ガリアは四千年以上前にあったからな。もしかしたら」

俺たちは顔を見合わせて、ある可能性を考えていた。

「どちらにせよ。街の人に魔力酔いが出ていないかを確認しないといけません」

「それなら、大丈夫。もう来たみたいだ」

俺はロキシーと話をしながら、近づいてくる多くの気配を感じていた。

「これでも、ハウゼンを守ってくれている武人たちはみんな優秀なんだ。だから、俺はいつも頼り切っちゃうけどさ」

俺が振り向くと後ろには次々と駆けつけてくれる武人たちの姿があった。

一人の男が代表するように前に出てくる。

「旦那、とんでもない魔力放出だったが、一体何があったんですか？」

事情を説明する前に、まずはロキシーに彼を紹介した。

名前はバルド。以前に滅びの砂漠で、サンドゴーレムから救ったパーティーのリーダーだった人だ。

彼は元々アーロンの部下だった。アーロンが隠居してしまってから、仲間と共に傭兵として各地を転々としていたらしい。

しかしハウゼンの復興を知って、駆けつけてきたのだ。

そして、俺の部下として街の治安維持に協力してくれている。

「フェイにも信頼できる部下ができたのですね」

それを聞いたロキシーは嬉しそうにしていた。

俺には剣（グリード）しかないと思われていたのだろうか……。

まあ、喜んでくれるなら素直に俺も嬉しい。

俺たちはスノウが起こしてしまったことを掻い摘んで話した。

彼らも日頃の任務をこなしながら、マインの捜索をお願いしていた。だから、今回の一件はそれに関連していることをすぐに理解してもらえた。

「なるほど……住民たちのことは俺たちに任せてください。あと、ライブラという男はどうされますか？」

俺は首を横に振って、関わるなと言った。あまりにも実力差があり過ぎる。下手に手を出せば逆鱗(げきりん)に触れて、ライブラの考えが変わってしまうかもしれない。

おそらく彼が本気になれば、ハウゼンを消滅させることも可能だろう。そう思わせるほど、得体の知れない力を感じさせるのだ。

「俺たちはこれから、スノウを追う。バルドたちはもしものときのためにセトと相談して、ハウゼンから民の避難も進めてくれ」

「そんなに大事になりそうなのですか？」

不安そうに言ってくるバルド。俺はそれにゆっくりと頷くことしかできなかった。

「先程の魔力の大きさから、わかってもらえると思う。これから、戦おうとしているのはそういった領域にいるやつらだ」

「話には聞いていましたが、俺にはとても大きな魔力過ぎて……いやはや困ったものです。では、早速始めます」

バルドは苦笑いすると、声を上げて仲間たちにテキパキと指示し始めた。

「さてと、あっちもそろそろ来そうだね」

「そうですね」

ロキシーも気が付いているようだった。

バルドたちのときは、ライブラとの再会からのスノウの暴走と、意識を他に向ける余裕は無かった。だが今はもう落ち着いており、周りが把握できるようになっている。

彼女は優しいから、スノウに起こったことに動揺していないか心配だった。それも俺の

甘い声と共に現れたのは、エリスだった。相棒の黒銃剣であるエンヴィーを腰に下げて、いつでも戦えるといった具合だ。

「あれれ、てっきりスノウが本性を現したんだと思っていたけど」

やはり彼女は、スノウ……いや聖獣人という存在を快く思っていないようだ。

俺は地面に空いた穴を指差しながら言う。

「ライブラだ。あいつがマインを見つける手助けと言って、スノウに何かをした。それをきっかけに彼女の聖刻が発動して」

「こうなったわけかい。……気に入らないね。手の上で踊らされるのは」

「同意見だけどさ」

「ここはスノウちゃんを追うしかありません」

この先に本当にマインがいるのかは、進まなければわからないってことだ。

「では行ってみよう。さあさあ、フェイトから！」

「えっ、俺から」

「そうだよ。ここは男が先だよ。か弱いボクたちよりね。そうだね、ロキシー」

「ああ……。フェイが嫌なら私が……」

杞憂（きゆう）だったようだ。

「わかった、わかったよ。俺が先に行くから」

それに俺は炎弾魔法が使える。灯り担当は先に行ったほうがいいだろう。

「ちょっと待って、灯りを用意するから……うあぁぁ」

まごついていると、待ちきれなかったエリスに蹴り落とされてしまったのだ。なんてことをするんだ！　この人でなし！

エリスは後を追って飛び降りてくる。

「あはは、いい気味だよ。最近、ロキシーばかりだからね。少しは反省するといいよ」

「なっ⁉　このタイミングはないだろ！」

ひどいぜ。さすがは女王様だ。やることが暴君だ。

俺は今度こそ、炎弾魔法を発動させる。エリスに褒められたが、無視しておこう。

すると、空中で抱きつかれた。

「お前……なんてことをするんだ。着地ができないだろう」

「そうだね。これは大変ね！」

「こんなときに！」

「あっ、ボクは大丈夫だからね。何たって、フェイトというクッションがあるから。筋肉でゴツゴツしているから、衝撃をどれくらい軽減できるかは、少し心配だけどね」

なんとか逃げようとするが……この女、本気だ。

ガッチリとホールドしており、動けない。

「嘘だろ？」

「あははは っ……ボクはたまに本気になるんだよ。大丈夫、Eの領域だから」

「嫌だ！　それでも衝撃はあるって」

「もし気を失ったら介抱してあげるからね！」

横暴だ！　なんて言ったところで解放されることはなかった。

残念ながら、俺はエリスのクッションとして使われてしまう。

気を失うことはなかったけど、衝撃は相当なものでしばらくひんやりとした地面に横たわっていた。

「よいっと、情けないな。フェイトは」

「どの口で言うんだよ。お前がやったくせに……」

「この口だよ」

そう言って唇を俺の顔に近づけてきた。

「ちょっ⁉」

俺が動けないのをいいことに、やりたい放題だ。

そんな状況に、上から悲鳴が聞こえてきた。

「きゃあぁぁぁ」

声の主はロキシー。もしかして思いの外、穴が深くてびっくりしているのかもしれない。

大丈夫だろうか、なんて思っていたら、彼女は俺の上に降ってきた。

「ぐはっ⁉」

「ごっごめんなさい」

「あははっ、いい気味だよ」

エリスには散々笑われるし、ロキシーには謝られるし……。

幸先が悪くて、不安になってきたぞ。

「本当にごめんなさい。フェイの上に乗ってしまって」

「いいよ。ロキシーに怪我が無かったなら、俺のことは気にしなくていいから」

「えええっ！　ちょっとおかしいよ。ボクとの扱いが違い過ぎる！　ボクとロキシーに天と地の格差を感じるんだけど」

「お前は胸に手を当てて、さっきの行いを思い出してみろっ」

エリスは澄ました顔で、胸に手を当てる。

そしてニッコリと笑って言うのだ。

「フェイトが悪いねっ！」

「お前な……」

やっぱり、安定の暴君だ。

ロキシーと一緒になって、困り果てる俺だった。

第9話　ハウゼンの地下

偉そうに胸を張っていたエリスは思い出したように口を開く。

「ああ、そうだ！　メミルが私に付いて来ようとしたけど、お城でお留守番させておいたよ。これでよかったよね？」

「そのほうがいいだろうな」

メミルは聖騎士スキルを持つ。だが、その力を行使することを王国から禁止されていた。

以前にゴブリンシャーマンの襲撃のようなどうしようもない緊急事態でも、決まりを破って戦ったことが大きな問題となってしまったのだ。

その際は女王であるエリスの権限によって、どうにか処罰を免れることができた。

しかし、二回目は無いだろう。

そして、俺としても彼女が今後聖剣を握ることを望んではいなかった。

「だからね。セトのサポートをお願いしておいたよ」

「助かるよ」

「えへへへ。フェイトに褒められてしまった。これはポイント高いね！」

これから、スノウを追って地下の探索をするというのに……。

お気楽な人だ。

「まったく……のんきにしているわけにはいかないぞ」

さてと、炎弾魔法を使って明かりを灯す。

俺には暗視スキルがあるので、真っ暗な世界でも平気だ。しかし、エリスとロキシーは可能かわからなかったからだ。

すると、エリスが喜んで俺に抱き付いてきた。

「いいね。気が利くじゃん。暗視って見え方が嫌なんだよね」

「たしかにそうですね。私も灯りのほうが好きですね」

んん？　この反応から考えるに彼女たちはすでに暗闇を克服する術を持っているようだ。

苦笑いしていると、ロキシーは懐から小さな魔具を出して見せてくれた。手のひらサイズのそれは、表面にびっしりと魔法術式が描かれていた。

「暗視スキルと同じ効果を得られるものです。かなり希少なものですよ」

ガリア大陸で時折発掘される品みたいだ。

「エリスもこの魔具を持っているのか？」

「いいや、ボクはいろいろな魔眼を植え付けられているからね。暗視も可能ってわけ」

「魔眼？」

「言っておくけど、この力は色欲スキルじゃないよ。太古に生きていた魔物は魔眼持ちがたくさんいたんだよ。その因子を植え付けられたってわけ」

誰に……と聞こうとして、すぐに思い当たる人物の顔が浮かんだ。そいつは先程俺たちの前に現れた。

そして、エリスにとって因縁のある男だ。

「ライブラか？」

「……そうだよ。テトラで言ったよね。ボクはライブラに飼われていたって」

その話はロキシーにとっては初耳だった。思わず、声を上げてしまう。

「飼われていたって……」

「あはは、そんな顔しないでよ。あれにとっては、ボクたち人間なんて、そこらへんの石ころに過ぎないんだから」

「しかし……」

「ボク……王都の白騎士たちも一緒かな。もう生き残りはボクたちだけになってしまったけどね。見た目は人の姿をしていても、中身は……ね。とにかく、ライブラは大罪スキルに強い関心を持っていたんだよ」

ライブラによって彼女は、研究としてたくさんの実験をされたらしい。その際に、魔物の因子を埋め込まれてしまった。

「悪いことばかりじゃないよ。魔眼はいいよ。なかなか使えるものもあるし」

「そうか……。でもなんで今まで教えてくれなかったんだよ」

「理由は簡単だよ。魔眼はあまり使いたくない……使えないからかな」

おかしなことを言うエリスに俺は首をかしげた。

「ん？　現に今暗視の魔眼を使っているんだろ？」

「そうだよ。これは簡単なものだからね」

「どういうことだ？」

「例えば、フェイトの暴食スキルみたいなものだよ」

俺の？　似ているってことは……。

「リスクがあるってことか？」

「当たり！　本来、これはボクのものではない。だから、強力な魔眼ほど使えば大きな負担がかかるんだ」

「失明するだろうね。それでも使い続ければ、多分死ぬと思う」

ニッコリと笑いながら言ってくるエリスは、どこまでが本気なのかわからなかった。

「あまり無理をしないでくれよ」

「君に言われたくないね。そう思うだろ、ロキシーも」

「まったくです！　フェイはちょっと目を離すと、危険なことばかりしますから」

「それは……」

ぐうの音も出なかった。

俺はすぐに話を戻すことにした。

「ライブラはエリスを捕まえて、いろいろと実験をしていたんだな」

「正確にはボクが生まれる前からかな」

「ん？　それって」

「ほら、エンヴィーがガリアでしようとしていたことがあるでしょ」

エリスは歩きながら、申し訳なさそうにロキシーを見ていた。

「もしかして、私をガリアで殺そうとしていた件ですか？」

「うん、あのときはすまなかったね。エンヴィーも反省しているから」

そう言って、エリスは黒銃剣を叩いてみせた。

本当にエンヴィーが反省しているのか、怪しいところだ。あのガリアの戦いから、俺はエンヴィーの声を聞いていないからだ。

いつも、エリス伝えに聞くばかりだった。

俺の様子に気が付いたエリスは笑いながら言う。

「エンヴィーはプライドが高いからね。あれだけ調子に乗っていて、最後は君にこてんぱんにやられてしまったわけだし。そんな状況で君の前にいるだけで、精一杯なわけさ」

「ふ〜ん、俺はあの事件はまだ許していないけどな」

「まあまあ、私は大丈夫です。私より、天竜の暴走で被害にあった人たちのことを考えてください」

ロキシーはそんなことを言っているけど……彼女の父であるメイソン様は亡くなってしまっているのだ。

彼の地への扉が開いたことで、今は生き返っているが……。俺はこの件について、メイソン様に聞いたことがある。返事はやはりロキシーと同じだった。

続けて彼は言っていた。状況がそうさせてしまったのなら、それは仕方のないことだと。

「で、ロキシーを殺そうとしたことと、どういう関係があるんだよ」

「フェイト、すごい殺気が出ているよ。ロキシーのことになるとすぐにムキになるね」

「早く！」

俺が急かすと、観念したようにエリスは話を続けた。

「やれやれ、せっかちさんだな。エンヴィーは、聖騎士たちの横暴をずっと見逃してきた。国民の憎悪が溜まっても、見て見ぬ振りをしていたんだ。なぜだかわかるかい？」

「たしか……ガリアで会ったとき、冠魔物を人間で作るためって言っていたな」

「よく覚えていました！　よしよし！」

頭を撫でてくるエリスの手を払い除けた。

彼女はつまらなそうにする。だがすぐに真面目な顔に戻って、ロキシーを見据えた。

「メイソンが亡くなり、当時国民の盾になっていた唯一の聖騎士になってしまったロキシー。そして、ロキシーが死地へ送られたとき、国民たちのヘイトは限界に達しようとしていた」

「もし、あのときに私が死んでいたら、どのような人間が生まれていたんですか？」

ロキシーの質問にエリスは一呼吸置いて、ゆっくりと答える。

「ボクたちだよ」

「まさか……」

「そう、大罪スキル保持者さ。ボクたちは、人々の憎悪から生まれてくるんだ」

それを聞いて、俺はショックを受けていた。

憎悪から生まれるって……。それと同時に腑に落ちた自分がいた。

その様子を見たエリスは不思議そうな顔していた。その横ではロキシーが心配そうに俺を見ている。

「もっと狼狽えるかと思っていたよ」

「今思い返してみれば、心当たりはあったからさ。それにエリスは言っていたろ？　エンヴィーはボクの代わりを得るために、今回の一件を起こしたって」

「ああ……そうだったね。あのときにヒントを出しちゃっていたね」

「でも、教えてくれて嬉しかったよ。ありがとう」

エリスは大きく目を見開いていた。

「お礼を言われるとは思ってみなかったよ。自分の生まれを知って、そんな言葉が出てくるとはね……」

「昔の俺だったら、悲観的に受け止めてしまっていただろうな。だけど、今は俺一人だけじゃないから」

黒剣グリードに手を置き、ロキシーを見つめていた。

そして、今まで出会ってきた人々を思う。

「それに、過去に生きることはやめたんだ。ロキシーのおかげでさ」

生まれなんて、自分ではどうしようもないことだ。

過去だってそうだ。あのときにこうしていればよかった……ああしていればよかったなんて、結果を知った上での考察に過ぎない。悔やんでも、時間は巻き戻ることはない。

ラーファルとの戦いの後で、ロキシーから教えてもらったんだ。過去に目を向けるよりも、今に生きることの大事さを。あの温もりは生涯忘れることはないだろう。

「だからさ。ロキシーのようにうまくできるかわからないけど、マインにも教えたいんだ」

「フェイ……」

「そっか……伝わるといいね。君の気持ちが……。だけど、それは過酷なものになるだろうね。マインは強いよ、君が思っている以上にね。止められるのかい？」

「わかっているさ。話を聞いてもらうためには、まず止まってもらわないと何も始まらない」

薄暗い地下を進んでいくと、開けた場所に出た。

明らかに人工物だ。これは、王都の軍事施設で見た建設物に似ていた。

第10話　古の大門

天井のいたるところから地下水が染み出しており、それらが集まって足元に小川が流れていた。

ピチャピチャと踏みつけながら、先へと進んでいく。

最初のうちは魔物が現れるかもしれないと、神経をとがらせていた。しかし、気配は全く感じられず、静かに流れる水の音だけが耳に届いていた。

俺はエリスから先程教えてもらったことを思い返していた。

大罪スキル保持者は人々の憎しみが形になって、生まれてきたということだ。

知ってみて、昔の俺の行動や思考と照らし合わせてみる。呆れてしまうほど、心当たりはあった。

時折、得体のしれない闇が俺の心を侵してくる感覚があった。特に酷かったのは、王都でラーファルと戦っていた頃だろう。髑髏マスクで顔を隠していた俺は、まるでもう一人の自分がいるかのようだった。

　玉座の間で聖騎士ランチェスターを殺めようとした。更に軍事施設では、非道な振る舞いをする武人たちを同じような手段を用いて殺めてしまった。あのときの俺は、不思議と罪悪感がなかったのだ。

　いけないことだとちゃんとわかっている。だが、何かに背中を押されるようにタガが外れて、感情が爆発してしまう時があるのだ。

　しかし、ロキシーのおかげで今は克服できている。その証として、俺は二度と髑髏マスクをつけなくなった。

　そんなことを考えていると、グリードが《読心》スキルを介して言ってくる。

『あの頃は、暴食スキルの悪い影響を最も受けていた時期だったな。俺様の声もあまり届かなかったしな』

「悪かったって……酷かったからな……」

『大罪スキル保持者なら誰もがたどる道だ。これればかりは、経験して克服するしかないからな。できなければ終わりだったが、フェイトなら大丈夫だろうと思っていたぞ』

「へぇ～、今日はやけに持ち上げてくれるんだな」

『俺様の使い手だからな。それくらいできてもらわないとな』

俺はグリードに褒められて上機嫌になっていた。しかし、こういうことを言った後に大概続く言葉があるのだ。

「ありがとな。で、何かあるんだろ？」

『察しが良いな』

「お前とどれだけ付き合っていると思っているんだよ」

『ハハハッ、たしかにな。そう言われると、ロキシー以上に一緒にいるかもな』

散々笑った後に、グリードが真剣な声に変わる。

『一つだけ違うことがある』

「……なんだよ」

『お前のその衝動は、暴食スキルだけではないように感じるってことだ』

「それはどういうことだ？」

『これは俺様の勘だ。なぜなら、前の使い手とは違っているからな。お前の場合は……』

グリードの言葉とかぶせるように、エリスとロキシーから声が上がった。

どうやら話に集中しすぎてしまったようだ。

彼女らが見ている方向に目を向けると、そこには王都の外門よりも大きな門が鎮座していた。

「これは……丈夫そうだな」

　叩き斬ってやろうかと思ったがグリードに止められてしまう。

　そして、この金属はどこかで見たことがあった。

「これは、アダマンタイトですね。世界一の硬さを持つと言われる金属で、防衛都市バビロンの外壁に使われているものですね」

「ロキシーの言う通りだね。これは大罪武器でも簡単に破壊できないよ。フェイトが剣術の達人なら話は別だけど」

　エリスは俺を横目に見ながら、ニヤリと笑った。

「へいへい、俺はまだその域でないよ。エリスこそ、どうなんだよ」

「ボクはほら支援系だから。元々向いていないんだよ」

「黒銃剣の刃が泣いているぞ。よく斬れそうなのに」

「その言葉をそのままお返しするよ」

「……だな」

　返す言葉もない。

　アーロンから剣術の指南をずっと受けていた。そして精神世界ではグリードからも教えてもらっている。

彼らから見た俺の熟練度は、まだまだといったところだ。

そんな状態の俺を見かねてか、ロキシーがフォローしてくれる。

「フェイは実戦で力を出すタイプですから」

「……ありがとう」

「まあ、たしかにそうかもね。天竜のとき、ボクは無理だと思っていたし。フェイは戦いの中で進化するのかもね。期待しているよ」

「やめろ！　そんなに戦いを望んでしているわけではないぞ」

「結果的にそうなってしまうのが、君なんだけどね」

これから未知の場所へ向かおうとしているのに……不吉なことを言ってくれる。まあ……そんな予感はしているんだけどな。

それにしても、この大門をどうやって開けるかだ。

エリスが物は試しと押してみるが、びくともしなかった。

「ふぅ～、これは駄目だね」

「諦めるのが早すぎだろ！」

「だってボクじゃあ、無理だし。ねぇ、ロキシー？」

「そうですね……エリス様がどうしようもできないのなら、私には……」

ションボリとしてしまうロキシー。

気にすることはないと言って、大門を見据える。

「スノウはここを通って行ったのかな」

「おそらくね。彼女は聖獣人だから、特別な権限を持っているんだろうね」

「特別か……」

俺はなんとなく大門に触れてみた。

「えっ⁉」

「うそ……どうして」

「フェイ⁉」

エリスもロキシーも驚いている。

真っ黒な門に青い光の筋が入っていく。どこかで見たことがある紋様が浮かび上がる。

そして、びくともしなかった門が、静かに開き始めた。

俺だって唖然としてしまっているくらいだ。理由は……おそらく父さんに関係しているのかもしれない。

「俺にも、資格があったらしい」

「君の父親はゾディアックナイツだったね」

「ああ、ライブラがそう言っていた。父さんの滅びの砂漠での言動からも、間違いないと思う」

「そっか……君の半分はそうなんだね」

エリスは少しだけ下を向いていたが、すぐに笑顔になった。

彼女はライブラによって強いトラウマを植え付けられている。それによって、同類であるゾディアックナイツにも同じようなものを抱いてしまっているのだろう。

でも、今の表情を見るに大丈夫なようだ。

「スノウのおかげでだいぶ慣れてきたし。ほら、フェイトとはずっとこんな感じだし」

「おいっ」

「良き良き」

何かにつけてはすぐに抱きついてくるエリス。

もしかしたら、ずっとゾディアックナイツからのトラウマを克服するためだったのかもしれない。

「お前も大変だな」

「いやいや、そうかもしれないけど、これはこれでいい感じだし」

更に身を寄せてくるエリスを引き剥がそうとする。

「ここでEの領域の力を使うなよ」

「準備運動だよ」

「そんな運動があるか！」

エリスにがっしりホールドされてしまった。

困り果てていると、後ろから背筋が凍るような視線を感じる。

恐る恐る振り向くと、じーっとロキシーが俺たちを見ているではないか⁉

「仲がよろしいですね」

「いやいや、どう見ても違うだろ！」

「少なくともエリス様はノリノリですよ」

「エリスからも言ってくれ！」

「これはトラウマ治療だから、気にしないでいいよ。他意はないから、安心して」

ロキシーは全く納得していないようだった。

エリスに今までのことを思い出していただきたい。

裸で俺の寝床にいたり、男風呂へ入ってきたり……あれもトラウマ治療だというのか？

うん、説得力は皆無だな。

「一つ聞いてもよろしいでしょうか？」

「なんだい？」

「今の気分はどうですか？」

「最高だね!!」

いつも優しく、お淑やかなロキシー。

今もそうなのに、にこやかな顔をしているはずなのに……。

俺の目の錯覚だろうか。

後ろに天竜に似たような生き物が蠢いているように見えてしまう。

未だかつてない物凄いプレッシャーを感じてしまう。

ここは……アーロン直伝の逃走だ！

自分にはどうしようもできない状況のときはこれしかない。

「よしっ、とりあえず門が開いたことだし。先に進もう」

「あっ、フェイ。待ちなさい！」

「聞こえないです」

「それは、絶対に聞こえていますよね！　エリス様もいつまでフェイにくっついているのですか。離れてください！」

俺たちは更に奥へと進んでいく。

第11話　グリードの望み

古の大門の先は、わずかに青白く発光する天井が続いていた。

「これは、軍事施設の研究所と似ているな」

俺が見上げながら言うと、ロキシーも頷いていた。

「そうですね。強いて言うなら、明度が高い感じがします」

「当たり前だよ。これは本物のガリアの技術だからね。王都の模倣とはわけが違うよ」

そう言ってエリスは壁に手を当てる。

「でも、まさかハウゼンの地下にこんな遺跡が眠っていたなんてね。ボクは全く知らなかったよ。これでも世界中を旅していたんだけどね」

「世界中か……俺はまだそんな遠くまで行ったことがないな」

俺の中の最果ての地はガリアだった。

エリスは昔にエンヴィーと袂を分かってから旅に出て、それよりも先を知っているという。

俺もいつか世界の先を見てみたいと思う。

「ねぇ、フェイトは海を見たことあるかい？」

「何だそれ？」

俺は首を傾げている。

「書物で読んだことがあります。しかしロキシーは違っていた。

ガリアよりもずっと南下したところにあるという……信じられないくらい大きな湖ですよね」

「まあ、そんな感じだね。全部、終わったら連れて行ってあげるよ。フェイトには海の水を飲んでもらおうかな」

意地悪そうにニヤリと笑うエリス。

これは、十中八九良からぬことだ。

「何を企んでいるんだよ」

「いや、無知なフェイトで遊ぼうと思って」

「やめてくれ」

「あははっ」

散々笑ったエリスは歩きながら、話を続ける。

「君たちはその海の先に何があるか……知っているかい？」

「いいえ、知りません。私が読んだどのような書物にも海の先については書いてありませんでした」

「俺も知らないな」

「フェイトは海すらも知らないんだから、知っていたらこっちがびっくりだよ」

「へいへい、それは申し訳ない」

無知な俺のためにエリスは教えてくれる。

「新大陸だよ。未開の地が広がっているんだ。おそらく、王国よりも広い大陸がね」

「本当なのか⁉」

「うん、なんせボクはそこを旅していたからね。でもあまりにも広すぎて、全部は回りきれなかったかな」

「そうなのか……。なあ、その大陸にも強い魔物がいたりしたのか？」

その質問に、エリスは呆れ顔をしていた。

「君はやっぱり何も知らないんだね。グリードはああいう性格だし、薄々は気が付いていていたけど」

「暴食スキルの本当の力に目覚める前は、本当に何も知らなかったけどさ。あれからいろいろと頑張っているのに……」

「そんな顔しない。わかったよ。新大陸にはね。魔物はいないんだよ。いるのはただの動物だけ」

「「えええっ⁉」」

俺とロキシーは魔物がいないことに驚いていた。

だって、魔物はいて当たり前な存在だったからだ。物心が付いた頃から、魔物は危険なものだと教わり、それは生きていく上で避けられないものだと思っていたからだ。

「そんな平和な世界があるのか？」

「うん、あるよ」

「なら、なぜ人間は海を越えてそこを目指さないんだ？」

「だって、知らないから。もう一つの理由はガリア大陸を越えないといけないからだね。これでわかってもらえたかな」

「ああ……よくわかったよ」

エリスが言うには、ガリア大陸が阻害しているのだ。

あそこには、強い魔物が湧いている。武人でも横断することは難しいというか……ほぼ不可能だ。

ガリア大陸の最南にはオークのコロニーがある。そこから発生する想像を絶する数のオークを越えなければいけないのだ。

俺はその近くで修練したことがある。その様はまさに生きた津波だ。防衛都市バビロンで攻防するスタンピードなど小波に思えてしまうほどだった。

あれを越えるのは、武人でも無理なのに、戦うスキルを持たない者たちではガリア大陸に踏み入るだけでも死を意味する。

「元々、ガリアが今の王国を含めて、広大な土地を治めていたんだ。でも、それは海の向こう側までは達していないのではと思っていた。ボクはそれを調べるために海を渡ったんだけどね。そして確信した」

「ガリアの影響の無い世界があったってことか？」

「うん、そうさ。君はそれを聞いて……その反応なら、まだ何もこの意味の重大性に気がついていないみたいだね」

「悪かったな……」

「そう拗ねない。君は今のままでいいんだ。まずはマイン……そして彼の地への扉を閉めること」

「エリス様の言う通りです。私もすべてを理解はできません。でも全部が終われば、エリス様が連れて行ってくれるそうなので、そこでわかるときが来ると思います」

「そういうこと！」

聞き分けの良いロキシーに、エリスは大満足だ。

ガリアの影響の無い世界か……。今聞いた内容からは魔物のいない世界しかわからないな。

それだけでも平和だ。なんせ、魔物はなぜかわからないけど、人間を好んで食べるのだ。

そのことは、以前グリードに聞いたことがある。だが、お決まりのだんまりで教えてくれなかった。

グリードが黙り込むときは、ほとんど良いことではないときだ。あとは純粋に面倒くさいときもある。

俺は気分屋の相棒を小突いてみる。先程からずっと黙っていたためだ。

『なんだ？』

「エリスは海の向こう側に行ったんだってさ」

『ここにも、とんだ物好きがいたもんだ』

「なんだ、それだけか？」

『それだけだ。俺様には到底できないことだからな』

口ぶりはどこか投げやりだった。

「もしかして羨ましいのか？」

『はっ⁉　そんなことはない。ただ俺様はただの剣だからな。自由というものが無いだけだ』

「なら、俺が連れて行ってやるよ」

そう言うと、グリードは少しだけ笑っていた。

嬉しがっているのか、それとも小馬鹿にされているのかは、読み取れなかった。

そして、「好きにしろ」とだけ言って、喋らなくなってしまった。

エリスは俺の独り言のようなグリードとの会話を聞いていたみたいだ。

「グリードはなんて言っていた？」

「とんだ物好きだってさ」

「あははは、彼なら言いそうだね。だけどね……一番新大陸を見たかったのはね。君が持っているグリードなんだよ」

そう言うと、突然グリードが《読心》スキルで割り込んできた。

『もういいだろ！　先を急げ！　ライブラの脅しを忘れたのかっ？』

「わかったから、そんなに大声で叫ぶなって！」

黙っていたくせに、慌てるように大声を出しやがって、頭に響いてしかたがない。

それにしても意外だったな。グリードが海の向こう側にあるという新大陸を見たかったなんてな。

足が無いから自分の力では好きな場所へ行けないって言っていたしな。いつかは連れて行ってやらないとな。

なんだかんだ言って、いつも助けてもらっていることだし。

「グリード」

『なんだ？』

「この戦いが終わったら、新大陸を見せてやるよ」

『……好きにしろ』

「ああ、好きにさせてもらうさ」

あんまり自分のことを話そうとしないグリードのことが知れて嬉しかった。

グリードと二人だと、こういったことは話さない。だから、エリスやロキシーがいてくれることで、話に幅ができる。

やはり、パーティーはいいものだと思う。

長い通路を歩いていくとその先に明るい光が見えてきた。

出口だ。

彼女たちも気がついているようで、やがて駆けてしまうほどに互いの足並みが速くなっていく。

そして、俺たちは見た。

「これは……」

王都と同等の規模を持つ都市が地下に広がっていたのだ。

地下だというのに、地上にいるようだった。

なぜなら、頭上に太陽のような光を放つ球体が浮かんでいたからだ。

第12話　地下都市グランドル

見上げていた俺にグリードは言う。

『人工太陽だ。起動しているということは……』

「誰かが住んでいるわけか」

『そうだ。……フェイト、あの建物の側を見ろ！』

俺はマインとシンのことを思っていたのだが……。

グリードが言う先を見た俺は言葉を失った。ロキシーとエリスも同じだったようだ。

二人共、口を開けたまま固まっていた。

「あれは……人なのでしょうか？」

「なんだか、透けているよね。幽霊……かな」

俺たちは人らしき者へ近づいていく。そして、声をかけてみたが全く反応が無かった。

そして、彼らの容姿はマインと似ていた。

褐色の肌を持ち、白い髪……まさに大昔に滅んだとされるガリア人の特徴だ。

「まるで俺たちに気がついていない」

「認識されていない感じですね」

「それ以前に、この者に意識があるように見えないね」

決まった動きを繰り返しているのみで、エリスの言うように目的があるようには見えなかった。

『それは、生前のわずかな記憶だけを頼りに動いているだけだ』

グリードは静かに言いながら、ため息をついた。

『中途半端に蘇った者たちだな』

「それってどういう意味だ」

『成仏しかけていたんだろうさ。それなのに無理やりこの世界に呼び戻されてしまった。だから、幽霊のようになってしまった』

「このままなのかな」

『さあな。彼の地への扉が開き続けていれば、完全に蘇られるかもしれないし、そうではないかもしれない』

「なんだよ。それは」

そう言うとグリードは一呼吸おいて、

『結局はそいつ次第ってことだ』

「蘇るのを決めるのは本人ってことか？」

『そうだ。この幽霊は今、迷っているのさ。死んだままでいるのか、蘇るのかをな』

「迷う？」

『少なからず未練があるのだろうさ。お前は、故郷にある両親の墓で見たはずだ。片方は眠ったままで、もう片方は……』

「蘇った」

父さんには未練があり、まだこの世界で生きる理由があった。しかし、母さんにはそれが無かった。

俺は母さんの顔を見たことがない。知っているのは墓石になった姿だけだ。父さんから聞かされていた母さんは、よく笑う人だったらしい。

本音を言えば、一目でいいから会ってみたかった。

『どうした？』

「いや……」

『わかりやすいやつだな……お前は』

「なんだよ」

『母親に心配してもらいたかったんだろ？　それなのにこの世に未練がなかったから、拗ねているというわけか。まだまだガキだな』

「なっ⁉」

グリードに核心を突かれてしまい、言葉を詰まらせてしまった。

この会話はロキシーとエリスにはわからない。彼女たちには一方的に俺だけが独り言を話しているように見えてしまう。

「どうしたのですか？」

ロキシーが心配そうに話しかけてくるけど、俺は首を横に振って、

「グリードがまた偉そうなことを言っただけさ」

「そうですか……」

恥ずかしさを隠すために誤魔化してしまった。

グリードはまだ何かを言っていたけど、もう無視だ。

ふとエリスの顔を見ると、見透かすような笑みが溢れていた。

どうやら、バレているようだ。

「フェイトはまだまだ子供だなって」

「エリスも言うのかよ」

「当たり前さ。ボクから見れば、フェイトもロキシーもかなり年下だからね」

「なら、たまには年上らしくしていただけると助かるんだけどな」

「あっ、言ったな」

それなら、任せておけと言わんばかりに黒銃剣を高らかに掲げてみせた。

「心配だな……」

「そうですね……」

「二人共、ひどいよ。今回のためにボクがどれだけ頑張って鍛え直してきたのか、まだわかってないね」

たしかに、エンシェントスコーピオンとの戦いの後から、エリスは一人でどこかに行くことが多かった。

まさか……本当に鍛錬していたのか。

日頃から飄々としている彼女からしたら、想像できないことだった。

「全盛期とまではいかないけどね」

「あんまり無茶をするなよ」

「へぇ〜、心配してくれるんだ」

「当たり前だろ。いろいろと世話になっているし」

俺はエリスの目を指差した。

「魔眼……あまり使いすぎるなよ」

「優しいね君は……あの血を半分継いでいるとは思えないくらいにね」

父さんはゾディアックナイツの一員らしい。つまり、ライブラやスノウのように聖獣人の可能性は大きい。

だから俺は、人と聖獣人の間に生まれた者ということになる。

そして、それが何を意味するのか……俺にはまだわからなかった。

『フェイト、あれを見ろ』

グリードに促されて、人工太陽を見上げると、赤髪の女性が空を飛んでいた。着ている服がスノウの物と同じだ。そして、ぶかぶかだった服はちょうどいい大きさになっていた。

「もしかして、あれはスノウちゃんなのでしょうか？」

「そうとしか思えない」

ロキシーの言う通りだろう。ライブラの力が影響しているのかもしれない。俺は彼女の名前を大声で呼んでみる。

「スノウ！」

彼女は北上しながら降下しているようだった。

「行こう」

俺の掛け声を合図に、一斉に駆け出した。

行く先々で、幽霊のようになった人々とすれ違う。彼らは存在が希薄なためか、ぶつかることなく通り抜けられてしまった。

そのたびに、俺の《読心》スキルが発動してしまい、彼らの記憶の断片が流れ込んできた。

家族で楽しそうに食事する記憶、意中の人に告白する記憶、研究で成果を上げる記憶……幸福なもの、その反対に少なからず辛いものもあった。

ガリア人も俺たちと同じように、日々を生きていた。そう感じさせるものだった。

「なあ、グリード」

『どうした？』

「ガリア人って、なんで滅んでしまったんだ？」

『なぜ急にそんなことを聞くんだ？』

「技術はこんなにも発展していて、この幽霊の記憶から暮らしている人も幸せそうだからさ。これだけ見ていると滅んだ理由が見当たらないように思えてさ」

走りながら悩んでいると、グリードに笑われてしまった。

『末端の民はいつの時代も、巻き込まれる側なんだよ。お前だってわかるだろ。暴食スキルが目覚める前と目覚めてからでは、立ち位置が違っていることを』

グリードの言う通りだ。目覚めてから、俺の人生は一変してしまった。

『ここにいる民ではなく、もっと力を持ったやつらが滅ぼしてしまったのさ』

「それって大罪スキルが関係しているのか？」

『理由の一つだな。この一件が終わったら教えてやるよ』

「本当か⁉」

『ああ、そろそろ頃合いだろう。だから、死ぬなよ』

「アーロンとも約束したし、頑張るよ」

おおぉぉ！　あの秘密主義のグリードがとうとう教えてくれるという。

なんてことだ……。これから大事な戦いなのに、別のテンションが上がってきてしまう。

俺は珍しく素直になったグリードに驚きを隠せないまま、走り続けた。

「フェイ！　スノウちゃんが止まりました」

俺たちも足を止めて、未だ空中にいるスノウの様子を窺う。

彼女は意志の無い目で俺たちを見下ろしていた。

「嫌な感じがするね」

エリスの予感は当たっていた。スノウは俺たちへ向けて急降下してきたからだ。それも、とてつもないスピードだ。

「戦わないといけないのか」

「フェイ……」

ロキシーは悲しそうな顔をしていた。だけど、このままではやられてしまう。

俺は黒剣を鞘から引き抜き、スノウと対峙した。

「ロキシーとエリスは、ここから離れてくれ」

「どうするんだい？」

「スノウは、ライブラによって無理やり記憶を植え付けられて、正気を失っているだけなんだ」

「その証拠は？」

エリスが求めているものは、明確には無い。

そんな中で、俺はスノウの攻撃を黒剣で受け止めながら、確信していた。

この支離滅裂な攻撃は、滅びの砂漠でエンシェントスコーピオンの姿で大暴れしていたときとそっくりだ。

「このスノウの戦い方には記憶があるだろ」

「めちゃくちゃだね」

「なら、あの時みたいに、気を失わせて大人しくさせるしかないだろ」

まさか……ここでスノウとの再戦をすることになるなんて、思ってもみなかった。

そんな俺たちの足元から、血のような液体が染み出してきた。

「フェイ！」

ロキシーが掛け声と同時に、聖剣スキルのアーツ《グランドクロス》を発動させる。

聖なる光によって地面が浄化されて、その本体が露わになる。

赤い液体の中にいたのは、シンだった。集合生命体であり、マインをそそのかして連れ去った張本人。

「楽しそうなことをしているな。混ぜてよ、暴食」

赤い液体から無数の触手が伸びていき、様々な魔物の形を成していく。

ゴブリン、コボルト、サンドマン、オーク、ガーゴイル……まだまだ種類は豊富だ。しかも、冠魔物の姿まであるじゃないか！

「もうすぐ完全に扉は開く。君たちにはここで大人しく待ってもらおう」

俺はスノウを振り払いながら、シンに問う。

「マインはどこだ！　どこにいる！」

「暴食だけには会わせたくないね」

答えることなく、俺に襲いかかってくる。その後ろからは、暴走したスノウ。

そして、赤く透明な魔物たちが俺たちを逃さないと言わんばかりに取り囲んでいた。

第13話　スノウの暴走

俺はロキシーに目線を送る。

この戦いに共に挑むか確かめるためだ。最後の心配も杞憂だったようだ。

真剣な眼差しに恐れは一切含まれていなかったからだ。

ならば、俺は邪魔になる赤く透明な魔物たちを素早く《鑑定》する。

「ロキシー、魔物たちを任せる」

「はい」

エンシェントスコーピオンのときと同じになってしまうが仕方ない。なぜなら、スノウとシンはEの領域だ。

ロキシーには荷が重い。

続けて、背中合わせになっているエリスに声をかける。

「シンと戦えるか？」

「当然！　ということはフェイトはスノウだね」

「ああ、まずは彼女の正気を取り戻す」

「期待しているよ。ボクはそれまで時間を稼ぐわけだね」

ウインクしながら言ってくる余裕に、俺は苦笑いする。

「何なら、倒してもらってもいいんだぜ」

「えぇぇっ！　こんなにか弱いのに～」

甘ったるい声を出しながら黒銃剣を振るって、シンの攻撃を叩き斬ってしまう。触手のように伸びた赤い液体が、次々と宙を舞っていた。

この様子なら、鍛錬していた効果は本物のようだ。

「無茶をするなよ」

「それって魔眼禁止ってこと？」

「リスクを思えば、使ってほしくはないけどな」

「あははっ、リスクのことを君だけには言われたくないね」

「たしかにな」

そして俺たちは一斉に動き出した。

俺はスノウ。エリスはシン。そして、ロキシーはサポート。

各々の役目に代わりはいない。

「スノウォォ！」

俺は黒剣を振り上げて、彼女の手刀とぶつかり合う。

青白い障壁を体のすべてに展開しているようで、黒剣の刃すらも通らない。

この鉄壁の守りは、エンシェントスコーピオンを彷彿とさせる。

スノウは俺の呼びかけに一向に反応しない。

『フェイト！　滅びの砂漠と同じようにやるしかないぞ』

「それって……やっぱり」

『そうだ。気を失わせるしかないだろうな。あのときも、暴走状態が解けたからな』

「今回の場合はライブラの影響があるから、目覚めてからと同じとはいかないかもしれないぞ」

『どちらにせよ。まず無力化だ』

エンシェントスコーピオン戦のときは、父さんの助力があってなんとか静められたが……。

今回は一人でやらないといけない。

『あの障壁が邪魔だ。黒鎌でいくぞ』

押しのけたスノウが再接近してくるタイミングを見極めながら、黒剣から黒鎌へ変える。

今だ！

障壁だけを切り裂こうとするが……。

「なっ⁉」

スノウは急に動きを止めて、俺から距離を取ってみせたのだ。

暴走してまともな思考はできないはずなのに、なぜだ？

『本能で危険だと感じたのだろうさ』

「なんて……厄介な」

思考より脊髄反射で動かれては、こちらの攻撃が後手に回ってしまう。そして、的確に読まれていたら、たまったものではない。

『手加減してどうにかできる相手ではないぞ。それでも手心を加えるつもりか』

「それでもだ。俺はもうスノウを傷つけたくない」

グリードの呆れた声が聞こえてきた。続けて、豪快な笑い声で俺に言う。

『言うじゃないか。なら、やってみろ。俺様に見せてみろ！』

「ああ、やってやるさ」

黒鎌を強く握りしめる。

そのまま、目を閉じた。

目で追って行動すると、彼女と比べて行動が遅れてしまう。

ならば、スノウの魔力だけを捉えて未来を予想する。王都でアーロンから教わって、ずっと練習してきたことだ。

エリスが隠れて鍛錬していたように、俺なりに頑張ってきた。

ぶっつけ本番となってしまったが……練習に付き合ってくれていたロキシーのためにも、ここで真価を発揮してやる。

それに……。俺が滅びの砂漠で父さんに言われていたことを思い出す。それを見たグリードが俺の心を察して言ってくる。

『やはり……父親に言われたことを気にしていたのか』

「父さんに言ったんだ。スノウのことは俺がちゃんとするって」

『少しは成長したと思っていたが、まだまだ子供だな』

返す言葉もない。

俺にとって父さんは、どんなことがあっても……やっぱり父さんなんだ。

たとえ、王都で賢者の石を奪い、ライネを攫（さら）っても……。

ライブラの仲間だったとしても……。

スノウと過去に何かあって、それゆえに彼女を殺そうとしても……。
俺は空中へ逃げるスノウを追いかけながら、建物を使って跳躍した。
「スノウ！」
素早い彼女の動きを……魔力の流れから先読みする。
二度目の攻撃は、今後こそ捕らえてやる。
心を高めて、行動は冷静に。これもアーロンから教わったことだ。
振り下ろした黒鎌の先に、スノウの未来の姿を捉えた。
目を開ける。そこには、青白く光る障壁を失ったスノウがいた。
「よしっ」
『やるじゃないかっ！』
といっても、これからだ。
やっとスノウに届くところに辿り着いたといったところか。
黒剣に戻して、鞘に戻そうとする俺にグリードは言う。
『俺様無しでいけるのか？』
「ああ、語り合うなら拳が一番だからさ」
『アーロンお得意のやつか』

「そういうこと！」

障壁が無くなった今なら、スノウの手を掴むことができる。

彼女の手刀や蹴りを躱しながら、懐へ潜り込もうとするが……。

一発、重たい蹴りを側頭部にもらってしまう。視界が揺らぎ、意識が遠のくような感覚が、体中を襲う。

『フェイト！　やっぱり俺様が必要か？』

「いらねぇよっ」

グリードの声に意識を呼び戻して、一気に突っ込む。

よしっ、届いた。

もがく彼女を両手で押さえにかかる。まずはこのまま地上へ連れていく。そう思った矢先、周囲を翼を持った赤い魔物に取り囲まれたのだ。

「いいところなのに……」

絶妙なタイミングで、赤い魔物が俺へ……いや、スノウもまとめて攻撃を仕掛けてきた。

ステータス的に俺たちより劣るはず。だが、魔物が見せた鋭く尖った牙を見て、ある記憶を思い出した。

ナイトウォーカーと呼ばれる化け物だ。シンの血によって、死ぬことも許されずに、人間に噛み付いてひたすらに仲間を増やしていた。

その噛み付きは、Ｅの領域による守りすらも意味をなさない。

グリード曰く、これはつまりシンの力によって可能になっているらしい。

その牙が俺とスノウに襲いかかっているのだ。

「くっ」

一旦、塞がった両手を離して、黒剣を鞘から引き抜くか。

考えている間にも、間近に迫る赤い魔物たち。

迷っている暇は無い。

間に合うのか……。

「フェイ！」

そんな戦いの迷いを、俺を呼ぶ凛とした声によって一蹴されてしまった。

聖剣技のアーツ《グランドクロス》が、俺と赤い魔物を隔てるように展開されていった。

「ロキシー！　これは……」

俺は驚きを隠せなかった。なぜなら聖なる光によって、赤い魔物たちがいとも簡単に崩れ去っていたからだ。

少なくともあの魔物の一体一体の強さは、Ｅの領域に及ばないまでも冠魔物クラスだったはず。それなのに、ロキシーは瞬殺してしまった。

「私にも理由はわかりません。相性がいいのでしょうか？」

「なら、エリスの加勢を頼む」

「はい」

本人にもわからないことらしいが、なぜか……シンとの戦いにとても相性がいい。これなら、あいつのステータスの格差すら越えていってしまうかもしれない。

ロキシーの頼もしさを嬉しく思いつつ、俺は未だに腕の中でもがくスノウと対峙する。

「逃さないぞ」

「……ぐぅぅぅ」

がっちり掴まえたまま、地上へ引きずり下ろす。

「暴れるなって。しっかりしろ、スノウ！」

言っても伝わらないことは、百も承知で何度も名前を呼びかけた。

もみ合っている中で、スノウは俺の首筋に噛み付いた。

「痛っ……えっ……」

その瞬間、初めて彼女に対して《読心》スキルが発動したのだ。

今まで接触してきたけど、そのようなことは一度もできなかった。俺はマインのように、何らかの力で読心スキルを防いでいるのだろうと考えていた。

それが今このときに発動したものだから、驚いてしまった。

一方的に流れ込んでくる記憶の断片たち。

その中で、一つの記憶だけが鮮明に頭の中に映り込む。

彼女は今よりも大人な姿をしていた。それよりも体中がボロボロで、とても痛々しかった。

明らかに大怪我と思えるもので、歩くたび地面に大量の血が流れ落ちている。

彼女は鬱蒼とした森の中を一人で歩いていた。

とうとう力尽きて、近くの崖を転がり落ちていった。

しばらく、記憶が飛び……目を覚ました彼女の前に一人の男が現れていた。

（これって……まさか……）

そのまさかだった。

幼い頃の俺が、スノウと会っていた⁉

嘘だ！　だって、俺にはその記憶は一切無いのだ。

さすがにこれだけの怪我をした人と会えば、記憶に残っている。

それなのに……思い返してみても、スノウと会った記憶は全くなかった。これはもしか

して、ライブラが言っていた与えた記憶なのか。

だけど、このような記憶を捏造しても、ライブラに何のメリットもなさそうだ。

なら、本物のスノウの記憶なのだろうか？

頭の中でぐるぐると考えている間にも、過去の出来事は進んでいく。

「大丈夫？」

少年はスノウに話しかけてくるが、何も返ってこなかった。それもそのはずだ。

言葉も発せないほどの大怪我だ。

すぐに少年はそのことに気がついて慌てたようにワタワタしていた。この感じ……やはり俺なのか。

スノウはわずかに残った力で身をよじって逃れようとするが、少年は逃さなかった。

「大怪我しているのに動いたらダメだよ。ちょうど父さんのために薬草を取ってきたから、これを使えばいいかも」

「……」

無言を通すスノウ。むっと睨みつけるが少年はお構い無しだ。

手当は見た目にも手際が良いとはいえない。

「ごめんね。まだうまくできないんだ。父さんはいつも怪我をしてくるから、もっとうまくなりたいんだけど」

服の下のスノウの傷を見て、驚いたように口に手を当てていた。

しかし、なにか決心したような顔をして、治療を黙々と始めたのだ。

持っていた水筒の水で傷口を洗い、薬草を当てる。そして自分の服を破った布で保護をした。

「うん、いい感じかも。お姉さん、ごめんね。これくらいしかできない」

そこで読心スキルから得られる記憶は途切れてしまった。

理由は腕の中でスノウがぐったりしてしまったからだ。頬を軽く叩いてみても、全く反応が無い。

『気を失ったようだな。人騒がせなやつだ。どうした、フェイト？』

「……いや、何でもない」

俺は、今の記憶が本物なのか確証が得られなかった。

この場で動揺してもしかたがない。俺はこのことをこれ以上考えないようにした。

「それよりスノウのせいじゃないだろ。原因は……」

『ライブラだな。あいつは昔からああだ。自分の手は汚さないのさ』

「その昔についてもこの一件が終わったら、教えてくれるんだろうな」

『いいぜ。だが、今は戦いに集中しろよ。見ろ、大口を叩いていたエリスが苦戦中だ』

グリードに言われて、エリスとシンの戦いに目を向ける。

たしかにエリスは押されていた。

なんせ、一人で大勢のシンを相手にしていたからだ。

「ロキシー、スノウを頼む」

「はい」

彼女はすでにスノウをいつでも預かれるようにしてくれていたようだ。俺が呼ぶと、群がる赤い魔物をアーツで浄化して、すぐにやってくる。

「うまくいきましたね」

「まあな。なんとなくだけど、スノウは本気で俺を殺すような戦いをしてこなかったし」

「そうですよ。スノウちゃんはそんなことはしませんから」

謎の説得力によって、たしかにそうだなという気分になってきた。俺の中でロキシーが言うことなら間違いないという思考が出来上がりつつある。

俺は未だに眠っているスノウの頭を撫でて、黒剣を鞘から引き抜いた。

「ここからは、本気で行く。この場からロキシーは離れてくれ」

「……わかりました」

少しだけ残念そうだった。

Ｅの領域同士のぶつかり合いになると、ロキシーには危険すぎる。

俺と絆を結んで、彼女も同じ領域にと考えた時期もあったが……。やはり、俺から引き入れることはできなかった。

結局、俺の中では保留になってしまっている。

離れていくロキシーの背中を見ながら思っていると、

『この意気地無しが』

「そういうんじゃないんだ。アーロンのことで思ったんだ」

『大罪スキル絡みに巻き込みたくないってことか』

アーロンは面倒見が良い人だから、俺のことを助けてくれている。それはとても感謝している。それ以上に、大罪スキルによって彼の人生を大きく変えてしまったのではないのかとも考えている。俺と絆を結ばなければ、もっと平穏に暮らせていたのかもしれない。

そんな世界を想像すると……。

ロキシーにはこれ以上先に進んでもらいたくない。そう思ってしまう。

『言っておくぞ』

「なんだよ」

『あの娘は止まることはないさ。それはお前自身が一番わかっているはずだがな』

わかっているさ。わかっているから怖いんだ。

『さあ、行くぞ。フェイト！』

グリードの力強い声と共に、エリスとシンの戦闘に割って入る。

まずは、エリスに襲いかかろうとしていたシンの分体を斬り伏せる。

真っ二つにしたのにまるで手応えが無かった。ステータス上昇の声も聞こえないことから、倒せていないんだろう。

「遅いよぅ〜。もう少し遅れていたら、ボクは大変なことになっていたよ」

「悪い……。少し手間取った。さっきまでの自信はどこに行ったんだよ」

「見ればわかると思うけど」

見渡す限りシンでいっぱいだ。更に赤い魔物たちはもっといる。

これは一人で数千人の軍隊を相手にしているようなものだ。

俺たちは背中を合わせながら、シンの分体を斬り伏せていく。

「エリスならいけるだろ。鍛錬の成果を――」

「わかっていて無茶言うよ。魔眼を使おうかな」

「俺が悪かったって。冗談はさておき、シンの分体は倒しても意味なさそうだな」

「その通り！」

エリスはシンの分体の眉間を撃ち抜きながら、頷いてみせた。

「こいつらは、地中に潜ったシンの本体に繋がっているんだよ。こいつらはただの操り人形。いくら倒しても意味が無いよ」

のんきに言ってみせる彼女の緊張感の無さに、半ば呆れてしまう。とても長い間生きていると、感覚や感情が段々と鈍ってきてしまうらしい。

たしか……マインも同じことを言っていた。彼女の場合は、味覚が無かった。

「地中か……魔力を辿って位置を調べられないのか？」

「無理だね。こういうことに、あれは長けているからね。あの生き物はそういったものだろ？」

元々シンは、体をバラバラにして大陸中に眠っていた。その姿は賢者の石と呼ばれる特別なものだった。

生き物ではなく鉱物になれるのだ。

おそらく、地下でその形に変化して安全な位置から分体や赤い魔物を操っているのだろう。

「あれだけ大見得を切っておいて、これかよ」

「あははっ、シンは怖いのさ」

「ん？　どういうことだ？」

「君だよ。つまり暴食スキル保持者さ。あれは前の使い手に何度も何度も挑んで負けているんだ。だから、こういう戦い方しかできなくなってしまったんだろうね」

面白おかしく、そして誇らしげにエリスは言う。

「フェイトはどうするのかな？」

「決まっているだろ。俺も前の使い手と同じことをするだけだ」

「頼もしいね。なら、ボクももっと頑張らないとね」

「おいっ」

エリスの目が淡く光り始めた。それは魔眼の発動だった。

「安心して、これはまだ負担が少ない部類だから。でも……」

「わかった。早く引きずり出そう」

「そういうこと！　サポートを頼むよ」

エリスは北へ向かって走り始めた。

魔眼の力に集中するため、戦っている余裕はないようだ。

俺はエリスの進む道を切り開くため、襲いくる敵に黒剣を振るう。

第14話 地下の戦闘

行く手を阻むシンの分体を斬り裂く。

その後にエリスが続く。

「こっちの方角でいいんだな」

「そう！　そのまま北上して」

「目の調子はどうだ？」

「ふ～ん、心配してくれんだ。頑張ってみるものだね」

「お前な……」

そう言って強がってみせる彼女の瞳は、少し充血し始めていた。

負担は大きくないと言っていたが、やっぱり嘘をついているのかもしれない。

俺の気持ちを知ってか、知らずか……。エリスはニッコリと笑いながら言う。

「これはね。霊視の魔眼っていうんだ。範囲は限られるけど、魔力ではなく魂を感じることができるんだ。シンという存在を探すことができる」

「なら、魔力を消しても隠し通せないな」

「その通り！」

魂を感じられるか……。日頃、暴食スキルで魂を喰らっておいて、俺は一度だけしか人の魂を見たことがない。

冠魔物である【死の先駆者】から、ハウゼンを解放したときだ。

操られていたアーロンの家族は冠魔物の束縛から解き放たれて、あの世に旅立っていった。その姿はどこか寂しくて、美しくもあった。

過去を思い出しつつ、この魔眼で他に聞きたいことがあった。

「それなら、マインも感じられるのか？」

「言うと思ったよ」

後ろから襲ってくるシンの分体を躱しながら、エリスはニヤリと笑った。

「なんだよ。ここまでずっとマインを追いかけてきたんだぞ」

「あはは、そんな顔しないでよ。この魔眼はそんなに広範囲まで見通せないんだよ。それに絶えず使い続けることも難しいからね。ほら、この通り」

「エリス⁉」

彼女の瞳から血が流れ落ちようとしていた。

大きな負担がかからないと言っていたのに、十分大変なことになっていた。

それでもエリスは笑顔のままで続ける。

「でも、今ならわかるよ。マインはここにいるね」

そう言って指差した方向は、俺たちが今進んでいる先だった。

「シンと同じ場所にいるよ。さあ、どうする？」

「そんなこと、決まっているだろ」

「……言うと思ったよ。急ごうか」

歩みを更に速めて、北上していく。

それに合わせるように、シンの分体は段々と少なくなっていった。その反対に街の様子も賑やかだった。

ちらほらと見かけたガリア人の幽霊たちが、どんどん増えているのだ。

『どうやら、ここはまだ彼の地への扉の影響を大きく受けているようだな』

「それってつまり……」

『目的地は近いってことだ』

とうとうここまでやってきたんだな。

と思ったところで、果たしてマインを止められるのかは、出たとこ勝負かもしれない。

なんせ、俺はマインの本気を知らないからだ。

「このままいけば、マインとシンの二人と戦うわけか」

「ボクは支援系だからね。前衛がもう一人いてくれたら、助かるんだけど」

「贅沢は言えないだろ」

こうなったら、先程のように俺が一人を相手して、エリスがもう一人というわけにはいかないだろうな。

あのときにエリスが戦っていたのは、シンの分体と赤い魔物だった。

今回はシン自身だろうから、負担は大きくなる。

「ツーマンセルで戦うしかないな。いけそうか？」

「ボクとしては、いいけど……問題はフェイトだね。だって、君が前衛となって一人だけで、彼女たちを抑え込まなければいけないよ」

それでも、今はこれしかない。このことは初めからわかっていたことだ。

だからこそ、そのための準備もしてきたつもりだ。

「滅びの砂漠で、ダークネスの残党を掃討したときを思い出すね。それに君も、もうあれができるようになったんだろ？　大罪武器の使い手なら当たり前だよね」

「もちろん」

「なら、安心したよ。マインと戦うなら、あれは最低条件だったからさ。それで、その状態をどのくらい保てるの？」

「十五分」

「……う〜ん」

エリスの表情は芳しくなかった。えっ！　これで少ないのか⁉

逆に俺としては、エリスがどのくらい維持できるかを知りたいぞ。

「まあ、でもあの短い期間でそれだけできるようになっただけでも、すごいことだよ。精神世界で協力してくれたグリードやルナに感謝するんだね」

「いつも感謝させられているよ。二人の性格はわかっているだろ」

「あはは っ、たしかにね」

「何というか、まだ感覚が合わせられない時があるんだよ。あれって自分じゃなくなる感覚があるだろ」

「わかる！　ボクも初めはそうだったね。結局は慣れだよ、慣れってやつ！」

あれは慣れるものなのか……。正直、あれは慣れたらいけないような気もしているのだが。

すると、グリードが《読心》スキルを介して、会話に割り込んでくる。

『気合だ！　気合が足りんのだ』

「そういう問題か⁉　あれが！」

『俺様が言うのだから間違いない』

精神世界でも言っていたな。気合だ！　気合だってな。

もう耳にタコができてきたぞ。

そう言われたらそうなのかもしれないけどさ。エリスも慣れって言っているし。

『まあ……一度使うと精神がかなり消耗するから、連続では使えないことを忘れるなよ』

「たしかにな。なんかさ……グリードに侵されていく感じだし」

『人聞きの悪いことを言うな』

グリードに引っ張られてしまうため、俺としてはそういう認識なのだ。

俺がブツブツと言っていると、エリスに笑われてしまった。

「何だよ」

「いやいや、悪い意味じゃないよ。君たちは本当に仲がいいね」

「『どこがっ⁉』」

「そういうところだよ。ボクとエンヴィーは昔みたいな関係とは程遠いからさ」

「ガリアでの戦いの後で、和解はしたんだろ」

「まあね。それでも、前と同じとはいかないさ。今を例えるなら、何百年と別居した夫婦が、同じ目的のために同居を始めた感じかな」

「例えがわかりづらい」

そう言うと更に笑われてしまった。

「言うと思ったよ。つまり、互いにとてもよく知った仲なのに、ずっと離れ離れになっていたし、それを望んでいたんだ。それなのに、彼の地への扉を閉じるために、心の準備も無く、時間も無く、昔のように一緒に戦わないといけない。これって、結構難しいよねって話」

ああ……なるほどな。

俺もグリードと喧嘩した後、仲直りすることなく戦いになったらと考える。

たしかに、ぎくしゃくしてしまうだろうな。

エリスの場合は、その期間が数百年らしい。これはもう考えただけで、気まずい空気が流れそうで怖いな。

「エンヴィーってどんなやつなんだ。ガリアで戦ったあいつは、しつこく俺を仲間にしようとしたけど」

「この子は、気に入ったものをずっと側に置いておきたいんだよ。もしかしたら、ボクの代わりにしたかったのかもね」

「うぇぇ……それは勘弁」

「そんなことは言わない。もし、ボクが死んだらエンヴィーのことを任せようと思っているのに」

「エリスこそ、縁起でもないことを言うな」

冗談はさておき、エリスはエンヴィーについて言う。

「いい子だよ。それは昔から変わらないよ」

「あれが……いい子なのか……」

ガリアで天竜を操って、たくさんの人々を殺しておいてさ。その中にはメイソン様も含まれている。それにロキシーまで殺そうとした。

俺はエンヴィーのことを許せそうにない。

「ただ純粋なだけなのさ。良くも悪くもね。グリードだって、ああ見えて良いやつだよね？」

「う～ん、それは保留しておくよ」

『なんだと！　どう見ても良いやつだろうがっ！』

グリードは心外とばかりに抗議していた。そう思われたくないのなら、日頃の言動を見直してもらいたいものだ。

「はいはい」

『軽くあしらうな』

グリードの扱い方なら、もう慣れたものだ。

これくらいが丁度いい。

そして、エリスが拗ねるように言う。

「君たちは、こんなときもいつも通りだね。羨ましい限りだよ」

「いつも通りか……今回もそういきたいものさ」

「さあ、見えてきたよ」

俺たちが進んだ先には巨大建築物。

王都の軍事施設なんて、比べ物にならないくらい大きい。

その前にある大広場だけには、亡霊たちがいない。他の場所にはたくさんいるというのにここにだけはいない。

何かを恐れて立ち入ってこないように見えた。

そんな大広場の中心に、静かに立っている白髪の少女がいた。

彼女の手には、不釣り合いな黒斧。否応なしに威圧感を与えてくる。

「マイン……」

俺は彼女の名を呼ぶと同時に、黒剣を強く握りしめた。

第15話　力を重ねて

亡者は大広場を取り囲むように溢れていた。

まるでこれから始まる戦いを見守っているようだった。彼らはちゃんとした意識が無いというのに、本能でそれを感じているのかもしれない。

当人である俺も、マインから発せられる圧倒的なプレッシャーにたじろいでしまいそうだからだ。頭では〝前に進め〟と思っているのに、体は全く違っていて〝後ろに下がろう〟としているのだ。

こんなことは初めてだ。

今まで天竜やアークデーモンなどの強敵と戦ってきた。だが、マインに比べれば明らかに格下だと、断言できてしまう。

彼女は一緒に旅をしている中で、とても強い人だとわかっていたつもりだった。

それを今……この瞬間に訂正するべきだろう。

『大したものだ。俺様までずっと騙していたのか。マインのやつ……昔より強くなっていやがる』

グリードが言うように、纏（まと）っている空気が別物だ。

感覚的にではない。

マインを取り巻くように、バチバチと小さな稲光が走っている。

『マインは本気だ。これ以上、踏み込めば否応なく始まってしまうぞ』

話し合いなんて、甘ったれたことは無理だろう。

そんなことで済むのなら、この場に俺たちはいない。

今のマインの耳に届くかは、わからない。それでも言いたかった。

「結局……俺たちってさ。こういうやり方でしか……わかり合えないってさ」

アーロンが言っていた。

人間同士がわかり合えないときは、お互いが望んでいなくとも争いは避けられない。その理由が自分自身ではないときなら尚更だと。

俺にはこの世界がこれ以上おかしくなってしまう前に、彼の地への扉が開くのを止めなければいけない。

マインは……ルナから聞いたことが本当なら諦めてくれないだろう。ずっと……数千年にわたって、追い求めてきたことなら止まるわけがない。

　ここまで来たら……こうなってしまったのなら、戦ってお互いの思いに決着をつけるしかない。

　勝てば官軍、負ければ賊軍とは言うが、酷い話である。

「マインからしたら間違ってないと思う。だけどさ……こうするしかないんだ」

　まず彼女に話を聞いてもらうためには、戦って勝つしかない。

　俺は後ろに控えるエリスに目線を送った。

　同時に銃声が鳴り響いた。

　エリスが俺にファランクスバレットを放ったのだ。

　そして体の表面が青白い光の膜に覆われた。これによって、相手からの攻撃を相殺してくれる。

「マインの攻撃は強力だから、油断大敵だよ」

「それでも心強い」

　俺の目の前に、マインが飛び上がっていた。

　ただそれだけなのに、異常なプレッシャーが伸しかかってきた。

　忌避されるほどの真っ赤な瞳が俺を威圧しているのだ。

『来るぞ。マインの一撃は重い。しっかりと俺様を握っていろ』

鈍い金属音が鳴り響いた。

黒剣と黒斧が激しくぶつかり合う音だ。グリードが言う通り、ずっしりと重い一撃。

あまりの威力に受け止めた俺の足が地面に沈み込んでしまうほどだった。

これで初撃だから、思わず乾いた笑いが出そうだ。

『押し返せ！　立て続けに攻撃されるとスロースの効果が発揮されていくぞ』

「わかっているって」

マインの持つ黒斧スロースは攻撃をすればするほど、重さが増えていく。使用者に相当な筋力と敏捷を求められる武器で扱いにくい。しかし、それを使いこなせると話は違う。

そう言われても、ずっしりと重たくなった黒斧に上から押さえつけられている。しっかりとマインによって地面に挟まれて簡単にはいかない。

俺が選んだのは、マインの黒斧の進行方向をずらすことだった。

黒斧は火花を出しながら、黒剣を滑っていき、俺の足元へ落ちていく。

そして地面をえぐり、土埃や地面の破片を巻き上げた。

それを煙幕代わりに、右に飛び退いて距離を取ろうとするが――。

『フェイト！』

土埃から脱する俺をすぐに追いかけて、現れるマイン。

しかも躱せない絶妙なタイミング。

再び、彼女の攻撃を受けるしかない。

今度は、先程の二倍の威力！

鈍い金属音と共に、予想以上の衝撃が両腕に伝わってきた。

ビリビリとした戦いの感触……。だけど、今まで戦ってきた者たちとは違った感覚もあった。

ぶつかり合いに押し負けないように力を込めていく。まだ二振りだ。

ここから、もっと攻撃は飛躍的なものとなる。

俺は未だに無言のままで黒斧を振る彼女を見据える。

「マイン」

「………」

元々、無口な人であまり自分から話すことはない。

でも俺は知っている。

「手加減はいらない」

「……」

「ここまで来たんだ。マインを止めるために」

わずかに彼女の眉が動いたのを見逃さなかった。

「ルナから話は聞いている」

「⁉」

俺がそう言うと、無表情だったマインの顔に変化が起こった。

戦いではいつも冷静沈着だったマインに、動揺の色が走るのを感じた。

「ルナが……」

わずかに口から溢れ落ちた言葉を聞き逃さなかった。

「そうだ。ルナが――」

マインと話ができそうな緒が見つかりそうだったのに……またしても邪魔をする者がいた。

血のように赤い触手を伸ばして、俺とマインの間を遠ざける。

触れてしまえば危険な予感がして、仕方なしに後ろへ飛び退く。

「チッ、うまく避けたね。残念だな」

またしても地面から現れるシン。今度は水が染み出すように静かにだ。

人の形をしているが、人ではない存在。グリードたちは集合生命体と言っていた。あれなら、どこにでも隠れられるし、何にでもなれてしまうだろう。

シンは俺に背を向けながら、マインに声をかける。

「君の言う通り、時間は与えた。しかし、もう待てない」

「……」

「さあ、始めよう。こいつらを殺すんだ」

「……」

「じゃないと、扉は開かれない。この機会を逃せば、君の望みはもう永遠に叶わない」

「……」

「ずっとずっとこの時を待っていたんだろ？　あと少しなんだよ、マイン」

うつむいている彼女に、シンは囁くように言葉を聞かせていた。

「みんな、君を待っているんだ。またみんなを裏切るつもりなのかい？」

「違う」

「なら、本気で戦わないと。彼らは君を邪魔する敵なんだから……開放して君の力を見せてやるんだ」

俺の想像を絶する時間をかけて、マインは彼の地への扉を追い求めて生きていた。

ルナから聞かされた話が本当なら、俺では到底心が折れているような時間すらを。

シンの囁きは、まさにマインがここまで生きてきた原動力だった。そこを的確に触発されてしまえば、いつも冷静なマインだって揺さぶられないはずがない。

俺と旅をしていた中でも彼女は、心はどこか遠くに置いてきてしまったようだった。そして、その願いが今、叶いかけている。

たとえば、過去の俺なら、やっぱりマインと同じことをしてしまっただろう。

シンは俺に向けて、笑みをこぼした。それは余裕……勝ったと確信した顔だった。

『フェイト！　これはやばいぞ』

「離れて、フェイト！」

後ろに控えるエリスが、援護するためシンとマインに向けて激しい銃撃を行う。

ただならぬ気配に、グリードもエリスも俺に後ろへ下がるように促してくる。

マインは憤怒の大罪スキル保持者だ。

それは旅の中で本人から教えてもらっていたので知っていた。

俺は知っているだけで、彼女が持つ憤怒スキルの力を見たことがない。いつも無表情に黒斧を振るっているだけだった。

たまに、酒場でからかわれて反撃していた。そんなのは怒っているというよりは、お仕置きをしている感じだった。

憤怒スキル保持者が、怒りに身を任せたとき……一体どうなってしまうのか？

俺はこの場で、それを目のあたりにした。

『これがマインの本来の姿だ』

「あはは……もう二度と見たくないって思っていたけどね」

グリードは苦笑い。

後ろにいるエリスは明らかに狼狽していた。

ツーマンセルと提案していたことから、後衛である彼女には相性がとても悪いのだろう。

そして、俺は初めてマインの本来の姿を見てしまった。

彼女の体を取り囲むように、瞳に似た忌避されるほどの赤いオーラが立ち上る。

有り余る魔力が具現化してしまっているのだろう。

最も特徴的なのはマインの額に二本の角が生えていたことだ。更に体に刻まれていた邪刻印も発光している。

『フェイト、よく聞け。あれは怒りに身を任せた戦鬼だ。ああなってしまえば、もう俺様たちの声は届かない。つまり、お前が暴走スキルに飲み込まれている状態に似ている。この意味はお前だからこそ、よくわかっているはずだ』

「自ら憤怒スキルの力を引き出したってことか」

『そうだ。お前のような半飢餓状態とは違う。マインは完全に引き出した』

いきなり大罪スキル全開か……。

『マインは行動で示した。本気だとな』

シンの言う通り、与えてもらっていた時間が終わってしまったということだ。

『今までの、スロースだよりの攻撃とはわけが違うぞ』

俺はすぐに暴食スキルの半分――半飢餓状態を引き出す。

途端にマインの姿が視界から消える。すでにスロースは通常の二倍の重さになっているにもかかわらずだ。

『俺たちもいくぞ。でなければ、受け止められない』

「ああ、いくぞ！　グリード！」

俺はここに来るまで、精神世界で絶え間なく鍛錬してきた成果を発揮させる。

「グリード！」

『フェイト！』

俺たちの声が重なると同時に、黒剣は黒く輝き出す。

その黒き光は俺を包み込んでいった。

「『クロッシング!!』」

第16話　クロッシング

戦鬼と化したマインの重い一撃。

更にはシンからの赤い触手攻撃も躱して追撃する。

「『お前は邪魔なんだよ』」

切り落として、赤いスライム状になったシンに向かうが、

「おっと、相手は僕じゃないだろ」

そう言って、またしても彼は地面に溶け込んでしまう。

「エリス、シンの位置を教えてくれ」

「ここだよ」

東の建物の影を黒銃剣で撃ち抜いてみせる。

手応えあり。地面から赤い液体が溢れ出したのだ。

「よしっ、いい感じ。マインに気をつけて、あれはもう我を失っているから。ボクはタイ

ミングを見ながら、ファランクスとファントムでサポートする」

「『助かる』」

「シンが邪魔しないようにもするから、今から見通しの良い場所に移動して援護する。だからね……」

「『射線上に入るな、だろ』」

「わかっているね。あはは っ、まだクロッシングの影響が出ているよ。声が混じっているじゃないか」

こんなときにエリスは面白おかしく言ってくる。

おそらくエリスはもうクロッシングをしている。明らかに先程と違って動きが良いからだ。

クロッシングは大罪武器と心をシンクロさせることをいう。

つまり、今の状態はグリードでもあり、俺でもある。

まさに一心同体。もう黒剣は俺の体の一部である。

そして、最大の利点は……。

凄まじいマインの攻撃を受け止めることができる。

ぶつかり合うだけで衝撃波を発して、周りの建物に亀裂が入ってしまうほどだ。

力を増すスロースの重みに防戦一方だった俺は初めて、彼女の攻撃を押し返した。

「マイン、俺だって強くなっているんだ」

聞こえるはずのない彼女に向けて言う。

あれはおそらく暴食スキルが暴走しているときと似たようなものなのだ。

グリードと同調しているからわかる。彼の知識がある程度共有できているからだ。

暴走と言っても、完全なものではない。憤怒スキルを開放する前に、倒すべき標的を予め決めておいているんだ。

つまり、今回の標的は俺だけだろう。

なぜなら、マインは俺しか見ていないからだ。周りにいるエリスもシンも眼中に無い。

クロッシングは、グリードの戦闘の技術や知識を得られて、アシストされる。

加えて、思考も二人分になる。

まあ、グリードの影響で少しだけ口が悪くなってしまうのはたまに瑕だけどさ。

思考の統合も落ち着いてきた。つまり、ここからクロッシングの本領が発揮できるということだ。

「いくぞ、マイン！」

戦鬼と化した彼女へ向けて、今度はこちらから黒剣を振るう。

受け止められてしまうが、予想範囲内。

そのまま体をよじると、遠くから銃声が鳴り響いた。

銃弾は寸分違わず黒斧の柄に命中する。握りが甘くなった瞬間を俺は見逃さなかった。

戦うつもりでここにやってきたのだ。終わった後に謝罪ならいくらでもする。

「ぐっ！」

俺はマインの小さな体――腹部を蹴り込む。

全く手加減などしなかった。

彼女は近くにある建物の中へ突っ込んでいった。

すぐさま追撃だ。これでスロースを手から離してくれると淡い願いをしていた。

しかし、彼女はしっかりと黒斧を握ったままだった。

この隙をついた攻撃はもう彼女には通用しないだろう。

なんせ、彼女は……。

瓦礫の山から、何事もなかったように出てくるマイン。まるであの重そうな瓦礫が綿毛でできているかのようだった。

そして、一瞬で俺に詰め寄って、黒斧を上段から振り下ろす。

身をよじって躱すが、そこには彼女の足蹴りが待っていた。

今度は俺が建物の瓦礫の下だ。

「やっぱり……俺と違って、天賦の才だ」

（そう言うな、俺様とて戦闘には自信がある。といっても、マインはそれだけのために人工的に遺伝子操作されて生まれてきた。そして俺様よりも大罪スキルの適性は高かった。だから、ルナのようにならずにすんだのだ）

「ルナとマインって肌の色が違うけど……姉妹って言っていた理由……」

（お前はもう聞いているんだろ。同じ実験室で……試験管の中から生を受けた存在。元となっている遺伝子は一緒だ。ただし、各々が何らかの操作をされていた。だから兄弟でありながら、見た目が違うのさ。ちなみに俺様は、別の実験室だったわけだ）

俺とグリードがシンクロしているため、彼の思考が俺のものとして混ざってくる。

ハニエル（ルナ）を倒したときに見えた記憶。実験室で幾人もの子どもたちが白衣を着た人間たちに検査されている様子。

グリードも似たような記憶があったのだ。何かの実験で彼はルナと一緒になり、仲良くなって話をしている記憶が流れ込んできた。

（おいっ、いらないことは見るんじゃない）

怒ってくるグリードだったが、これは不可抗力ってやつだ。

なんせ俺たちは、クロッシングを完璧にこなせていない。だから、時折互いの過去の記憶を無理やり覗き込んでしまうのだ。

「戦いの中で、グリードの過去を見せられると集中できなくなっちゃうな」

(だから、精神鍛錬が不足していると言っているのだ)

俺としては、秘密主義のグリードを知ることができてかなりお得でもあるけどな。そんな悠長な場合ではないけどさ。

この戦いが終わったら、グリードはいろいろと俺の疑問に答えてくれる約束をしてくれている。なぜそうなったのかは、クロッシングが大きな理由の一つだろう。

やっとグリードのことでいろいろと話せるんだ。

「俺たちでマインを止めるんだ」

戦鬼と化したマインへ黒剣を向ける。

力を暴走させているが、戦うための理性はわずかに残しているか?

むやみに攻撃をしかけてこないからだ。

ちゃんとタイミングを見計らうように少しずつ少しずつにじり寄る。

「マイン!」

俺の呼びかけで、再び戦闘が始まった。

マインが持つスロースは攻撃するたびに重くなっていく。

まともに黒剣で受けていては力負けしてしまう。

まずは躱していき、スロースの重さが極限にまで達するのを待つんだ。

以前にハニエル戦で一緒に戦ったことを思い出す。

マインは言っていた。

攻撃するたびに、この武器は重くなっていき敏捷力を削ってしまうデメリットがあると。

それが真実ならあの武器の重さには限界があるはずだ。

重くなってうまく扱えないというタイミングで、スロースを奪う。

単純だがとても難しい。

俺たちの知る限りでは、スロースに奥義は一つだけで、《ノワールディストラクト》という。

溜め込んだ重みと破壊力をすべて解放させるものだ。

もし限界まで溜め込んで、放った力はどれほどのものか……想像するだけで恐ろしい。

グリード曰く、ハニエル戦では側で戦っていた俺のために、最小限で奥義を放っていたらしい。

つまり、スロースを限界まで重くする。かつ、その状態で奥義を解放させずに、スロースを奪うことがまず第一段階だ。

マインの攻撃を受け止めてしまえば、その反動がスロースに蓄積されてしまう。

俺は猛攻を躱しながら、たまに受け止めてスロースの重さを確認していく。

そんな余裕めいた戦いを果たしてマインが許してくれるだろうか？

「チッ、もう俺の攻撃に対応してきた」

今まで躱せていたものが、タイミングがずらされる。

緩急をつけながら、攻撃してきたのだ。脇腹を斬り裂かれる⁉

遠くから銃声が鳴り響き、黒斧の軌道を変えてくれた。

「エリスか！」

そして、続けざまに俺にも着弾する。ファントムバレットだった。

撃たれた対象と同じ幻影を作り出して、撹乱するものだ。

生まれた幻影は五体。やるじゃないか！

以前の練習で俺に見せてくれたことがあったが、そのときは三体が限界だった。

それよりも二体も多いとは、これもエリスとエンヴィーのクロッシングによる力の底上げなのかもしれない。

俺だって、グリードとクロッシングしているんだ。

完全なステータスコントロールができている。

黒斧をすんでのところで躱して、マインの横腹に黒剣を斬りつける。

「グリード！　調整！」

切れ味はグリードによって、自由自在だ。

鋼鉄すらも容易く切断するほどの鋭さや、その逆に鈍器にもできる。

鈍い音が伝わってきた。手応えあり。

と思いたかったが、そう簡単にはいかないようだ。

「僕を忘れていないかい」

マインの脇腹に当たる瞬間、シンの触手が割って入ってきたのだ。

すぐさまエリスが銃撃して、弾き飛ばすが有効打には見えなかった。

好機を失った俺を、見逃すマインではない。

黒斧を振るい、立て続けに攻撃をしてくる。躱しきれずにいくらかの殴打を黒剣で受けてしまう。

その数は十二回。倍がけと成した一振りが俺を襲う。

度重なる衝撃で黒剣を握っていた両腕がしびれてきて、骨がきしむ音がした。

黒斧の重量がとてつもなく重くなっている。それを物語るように、マインが歩くたびに、地面が大きく割れて陥没するからだ。

そんな現状をシンは赤い液体の中で見下げて、笑っていた。

「さて、そろそろ準備はできたかな」

シンはあたりを見回しながら続ける。

「僕がなんで地中にいたと思う？　隠れていたと思っていただろ？　違うのさ」

地下都市グランドルを覆うように赤い液体が上へ上へと伸びていくのだ。

マインの攻撃を受け止めていると、足元が大きく揺れ動いた。

天井に輝く人工太陽すらも包み込んでいくほどだった。

「この地下都市グランドルは僕のものだ。ここはもう僕の体内と同じだよ」

途端にあらゆるところで地面が溶け出して、赤い肉壁が現れた。

第17話　戦鬼

都市全体を赤い液体に包み込まれてしまい、まるで生き物の体内にいるかのようだった。

「もう始まってしまったのさ。君は僕たちをどう止める気だい？」

クロッシングによってグリードと共有した知識と記憶を辿る。

（シンは地上の……ハウゼンの人々を使って彼の地への扉をこじ開けようとしている）

生贄だった。地下都市グランドルの上にはハウゼンがある。

あの巨大な赤い液体を地上まで伸ばして、上に住まう人々を取り込む気なのだ。

そこで殺した大量の魂を扉へ送り込み、無理やり開け放とうとしているのだ。

「君はマインとずっと戦っていればいい。その間に僕は君の大切な者たちを利用させてもらう」

「ふざけるなっ！」

「君がよくやることだろ、暴食？　そうやって何かを糧にして強くなってきたんだろ？

さあ、生きた人間たちの良質な魂を捧げて、最後の一押しだ」

赤い液体の中にいるシンはそう言って、人工太陽へ向けて上昇していく。

途中、エリスの銃撃を幾度となく受けるが、取り巻く液体に阻まれてしまう。

「無駄さ。このためにずっと力を溜めていたんだ。それくらいの攻撃で止められると思ってるのか⁉　愛嬌だけが取り柄の女に何ができる？」

俺もシンを止めようとするが、マインによって阻まれてしまう。

「君の相手は彼女だろ。忘れてもらっては困るな、暴食。大罪スキル保持者同士で仲良くしていろ」

エリスが更に激しい銃撃を行っていくが、地上への上昇をわずかに食い止めるだけだった。抑え込むにも火力が足りていないのだ。

それでも時間は稼げている。一刻も早くマインを無力化しなければ。

「マイン！」

襲いくる黒斧を躱して、黒剣で斬り込む。

その動作はすでに彼女に読まれているようで、いとも簡単に避けられてしまった。

さっきよりもスピードが上がっている。黒斧は重くなっているはずなのにだ。

俺はマインの額が変化していることに気が付いた。

二本の角が伸びている。そして、淡く輝き始めていた。

(憤怒スキルが高まっているぞ。あれは暴食スキルと似たようなものだ。怒れば怒るほど力が増す。それに伴って、心や感覚が壊れていく。あの様子なら、マインはもう引く気はないぞ)

「このままだとマインじゃなくなってしまう？」

(お前は知っているはずだ。マインがお前に味覚が無いって言っていたな。それは憤怒スキルの影響だ。昔、あいつは大暴れした時に、失ってしまったのさ。……それのほかにも失ったものがあるのかもしれないがな)

大きな斧なのに一撃が格段に速い。

重さが増していき攻撃速度が落ちるというハンデが、憤怒スキルによって無くなっていた。

互いに力が増す。この相乗効果は相性が抜群だった。

まさにパワー極振り。そして、それを使いこなす力強いスピードも兼ね備えている。

器用貧乏な俺とは違って、単純だからことさらに強い。

躱しきれなくなり、防戦一方になっていく。

「まずい！」

こうなってしまえば、ひたすらに悪循環だ。

なぜなら、黒斧の攻撃が倍がけに増していくからだ。

(マインを傷つけたくないのはわかるが、このままだとやられるぞ。黒剣の刃の切れ味を戻すぞ)

「ダメだ。俺はマインを止めるために来たんだ。決して殺し合うためじゃない」

(なまくらのままでは、黒斧に容易く弾かれるだけだぞ)

「それでもだ」

撹乱するためにエリスが用意してくれていたファントムバレットの幻影たちは五人いた。

それもあっという間に叩き割られてしまう。

(悠長なことを言っていると、お前もああなるぞ)

真っ二つはごめんだな。

それでもエリスが、ファントムバレットを再度打ち込んでくれる。

シンの進行を止めながら、俺のことも気をかけてくれているようだ。

(あいつは昔からそういうやつだ。飄々としているくせに、ちゃんと周りを見ている)

俺が暴食スキルに目覚める前から、王都で陰ながら見守っていてくれたらしいからな。

もしかしたら、グリードと引き合わせるように工作していた可能性だってありそうだ。

合間を縫って作り出してくれる幻影たちの撹乱によって、俺は初めてマインにまともに攻撃を加えることができた。

黒斧を握っている右腕に一撃。

心の中で謝りつつも、力を込めた斬撃だった。

手応えあり。握りが弱くなり黒斧がわずかに下がっていく。

(このまま、スロースを奪うぞ)

「おう」

しかしそれは罠だった。右腕を痛めたふりをして俺を誘い込むために演技したのだ。

あれは有効打になっていない。それに気が付いたときには、俺は爆風の中にいた。

「なっ⁉」

グリードが黒剣を素早く黒盾に変化してくれたことで、直撃は免れた。

しかし、体がすっぽりと隠れるほどの大盾の後ろにいたにもかかわらず、左腕の骨が折れていた。

これが《ノワールディストラクト》か。

黒斧に溜め込んだ力を開放させる奥義。ハニエル戦で一度だけ見たとき、下半身を吹き飛ばしていた。

今回は憤怒スキルを開放して、戦鬼化した上での《ノワールディストラクト》だ。

グリード自慢の黒盾――その絶対的とも言える防御力を超えて、衝撃を与えてきたのだ。

すぐさま、自動回復スキルと自動回復ブーストスキルが発動して、折れ曲がった左腕を癒やし始める。

そんな隙をマインが見逃すわけがない。

躱すこともできずに、黒盾で彼女の攻撃を受け続けることになってしまった。

(まずいぞ。もう一度奥義を放たれたら、お前がもたないぞ)

残された片腕が破壊されて、戦闘不能である。

こうなったら、ステータスの低下をしてでも、こっちも奥義を出すしかない。

マインの《ノワールディストラクト》に合わせて、俺は第三位階の奥義である《リフレクションフォートレス》を発動させる。

これは相手の攻撃を倍返しで反射させる奥義である。

「なにっ⁉」

普段なら反射できるはずなのに、マインが放つ奥義と拮抗してしまったのだ。

大罪武器同士の奥義となれば、思ったようにはできないようだ。

ようは、力比べだ。

マインの《ノワールディストラクト》が上か、それとも俺の《リフレクションフォートレス》が上か……それだけの単純な話になってくる。

そうなってしまえば、マインに優位に働いてしまう。なんせ、彼女の戦いはパワー極振りだ。

「押し負ける……」

今もなお、マインは憤怒スキルの力を強めていく。

ジリジリと黒盾が押されていき、このままでは《ノワールディストラクト》の直撃を受けかねない。

(フェイト、暴食スキルを開放しろ!)

これ以上は無理だ。実はもうとっくに暴食スキルの半分を開放して、半飢餓状態になっていたからだ。

この先にある全開放をしてしまったら、ガリアの地で起こったことを繰り返してしまう。

マインを止めることもできず、ただの暴走した化け物だ。

それにアーロンと必ず帰ってくると約束もしたんだ。

まだ、俺には暴走スキルの本来の力は引き出せない。

だけど、そんな俺にもまだ頼れる人がいる。

「ルナ、俺に力を貸してくれ！」

俺が呼ぶ声と共に、《ノワールディストラクト》が黒盾を押し切ってきた。

その威力は衝撃的なもので、あたり一面に大きなクレーターができてしまうほどだった。

古の建物が次々と倒壊していく中、俺はゆっくりと立ち上がる。

俺を中心に、青いバリアが展開されていた。そして、守りを固めるように灼熱の炎の球体がいくつも浮かんでいた。

その姿を見たマインは、一歩だけ後ろに下がった。

「マイン、俺だけじゃないって言っただろ」

「ルナ……」

戦鬼と化したマインの口からまたしても、妹の名がこぼれ落ちた。

第18話　ルナの世界

俺は過去にルナの魂を喰らった。その彼女に幾度となく精神世界で助けられてきた。そして暴食スキルの影響からも守ってもらってきた。

ルナにはどんなに感謝してもしきれないほどだ。

そんなルナの願いは、俺と同じようにマインを止めてほしいというものだった。

その気持ちに応えるために、俺なりに暴食スキルの新たな力を見出した。

奪うだけではなく、喰らった魂と対話してその力を俺を媒介にして引き出す。

神から与えられたギフトであるスキルではない力だ。

ルナ（ハニエル）が持つ固有の力を使わせてもらうものだ。

これは大罪武器であるグリードとクロッシングしているときの感覚に似ている。

魂を喰らっておいて、力を貸してほしいなんて都合のいい話だ。

だから、力を貸すのを許してくれるのは同じ目的を持ったルナしかいない。

俺は以前にマインの過去についてルナから事情を教えてもらったとき、彼女の力を引き出せるように精神世界で契約していたのだ。

この喰らった魂を呼び起こし、魂自身の力と共に戦う。グリード曰く、俺の前任者だった暴食スキル保持者すら、成し得なかったことだという。

そんな俺にクロッシングしているグリードが言う。

(喰らった相手を気にかけるとは、お前らしいというか……器用なやつだ。ここでハニエルの力は頼もしい。いくぞ、フェイト！)

ハニエルの灼熱の火球たちが俺を守るように周回する。さらには障壁が展開されており、マインの《ノワールディストラクト》すらも防いでみせた。

(フェイト、時間が無いぞ。長引けばルナの魂がもたない)

この力はルナの魂を削って使われているものだ。

魂の消耗は存在を失っていくことに繋がっていくという。

これはクロッシングとは違う。

一方的に俺がルナの魂を削って戦っているのだ。

グリードが言うように、ハニエルの力を使えば使うほど、ルナの魂の炎は小さくなってしまう。

そんなリスクを負ってでも、ルナはマインを止めるために共に戦うことを選んだ。

未だにルナの力を引き出したことにマインは動揺していた。

チャンスは一度だけ。

取り巻く火球を黒斧へ集中させて、手から吹き飛ばす。

そのまま俺は障壁を広げて、マインを取り込んだ。そして逃げられないように抱き寄せた。

「ルナ！　今だ！」

障壁内がまばゆい光に包まれる。

そして、意識が遠のいていくのを感じた。

目を開けると、見渡す限りすべてが真っ白い世界が広がっていた。

ここは、俺とルナが対話する精神世界。

そして、足元にはマインが気を失って横たわっていた。

俺たちはマインを止めるために、話し合う場所としてここを選んだ。

それはルナやグリードからの提案だった。

現実世界で正面からぶつかり合えば、マインは憤怒スキルを解放して声が届かないところへ行ってしまうだろうと予想されていた。

案の定、シンに後押しされるように手のつけられない戦鬼と化してしまった。

横たわるマインの姿は、現実世界のときのままだ。

額には二本の角が生えている。

起こしてしまったら、今度は精神世界が戦闘になってしまいそうだ。

不安に思っていると、後ろから肩を掴まれた。

「なんとかなったようだな。俺様とクロッシングした成果だな」

振り向くと人の姿をしたグリードだった。赤毛をかき上げて、ドヤ顔をしている。

「あのな……そんな悠長なことを言っている場合か！　現実世界ではシンがハウゼンの人たちを生贄にしようとしているんだぞ！」

「お前はまだわかっていないのか」

そう言ってグリードに小突かれてしまった。

「何度もここに来ているくせに、気が付かなかったのか？　精神世界と現実世界の時間の流れは違うってことをさ」

「そうなのか？」

「まったく……呆れるぜ。この精神世界は元々ルナがフェイトと暴食スキルを隔てる壁として作ってくれたものだ。つまり、この世界のルールはルナの思い通りというわけだ」

「時間の流れも？」

「そういうことだ。それに精神と肉体の時間の流れは元々違っているしな」

グリードが言った「精神と肉体の時間の流れが違う」との言葉。このときの俺はマインのことで頭が一杯で聞き流してしまった。だから、その意味を知ることになるのは、ここよりずっと先になってしまった。

横たわるマインに目を落とすと、突然現れたルナが膝をついて彼女に寄り添っていた。

「やっと会えたね、お姉ちゃん」

優しく手でマインの頬を撫でていた。

「こんなになっちゃって、いつも無理しちゃうんだから」

ルナの瞳からは涙がこぼれ落ちていた。

そんな中でグリードがなにか辛そうに、ルナに話しかける。

「無理をさせてしまったな」

「いいのよ。これは私が決めて、フェイトにお願いしたことだから」

「ルナ……お前……」

「私のことは気にしない。もう過去の人間なのよ。私にとって、大事なのは今を生きているお姉ちゃん。フェイトもありがとうね」

ルナは立ち上がって俺の手を握ってきた。その手は精神世界なのに温かさを感じた。

「俺は……ただマインを抑え込んだだけで、ここへ連れてきたのはルナだよ」

「いいえ、そんなことはないわ。十分よ。あのお姉ちゃんを傷付けることなく、ここに連れて来られたのはフェイトのおかげよ。誇っていいわ。そう思うでしょ、グリード？」

「ああ、お前はよくやったよ。俺様が思っていた以上にな。お前はあの戦鬼と対峙して一歩も引かなかった。そこに一切の恐れはなかった。クロッシングしていた俺様が言うのだから間違いない」

　憎まれ口ばかりで、あまりそういうことを言わないグリードに褒められて照れくさくなってしまう。

「だが、ここからが本番だ。ルナ……本当に大丈夫なのか？」

「ここまで来てそれを聞くかな。もちろんよ。心を閉ざしてしまったお姉ちゃんの中へ入れる道を作れるのは私だけよ」

「お前は……それが何を意味しているかをわかっているのか」

「私は、いつだって自分のことはわかっているのよ。それを言うなら、グリードはどうする気なのよ。ちゃんと決めないといけないわよ。偉そうなことばかりを言うくせに、あなたはいつだって昔から変われないのに」

「それは……」

「虚勢ばかりで本当は怖がりさん」

からかうように笑いながら言うルナに、グリードは憤慨する。

「泣き虫だった私がずっと決められずにいた。……だけど私はもう決めたの。私は今を生きるお姉ちゃんのために使うことにした」

「もう……好きにしろ」

「そうさせてもらうわ。始めましょう。フェイトもお願いね」

ルナはそう言って、横たわるマインの上で片腕を差し出した。

俺たちは促されるまま、自分の手を重ねる。

「さあ、潜りましょう。お姉ちゃんの心へ。私が導くから、決して離さないでね。人の心の中は迷宮。迷えば戻ってこられないかもよ」

恐ろしいことを言うな。この手は絶対に離さないさ。

マインの閉ざされた心の中で永遠に彷徨い続けるなんてわけにはいかない。

俺はマインと一緒にまた現実世界で生きていたいだけだから。

「準備はいいわね」

「「おう」」

俺はルナ、グリードの顔を見て頷いた。

この二人は俺にとってかけがえの無い人たちだ。ここまでやってこられたのは、間違いなく彼らの助力があったからだ。

そして、マインも同じでそれ以上の存在だ。

俺たちはルナの案内で、マインの閉ざされた世界（心）へ踏み込んでいく。

第19話　マインの世界

真っ白な世界から、暗転して目を開けると、俺は喧騒の中にいた。
どこかはわからないけれど、俺の前を通り過ぎていく人々は手に武器を持っている。
遠くでは爆音が鳴り響き、そのたびに人とは思えないほどの悲鳴が上がる。
「グリード⁉　ルナ⁉」
俺たちはルナの精神世界から、マインの心の中へ入り込んだはず。
しかし、一緒に行ったはずのグリードとルナが見当たらない。
俺はどうやら逸れてしまったようだ。
それにしても、これは戦争なのか？
呆然と眺めていると、後方で閃光が煌めいた。
「うあぁっ」
すんでのところで躱して、それを放った巨大な生き物を確認する。

「機天使⁉」

タイプはハニエルとは違う。コアになっている部分はシールドに覆われており、中が確認できないようになっていた。

まずいな……今の俺には武器が無いぞ。それにいきなり逸れてしまうなんて、ついてなさすぎる。

人の心は迷宮のようになっており、迷えば戻ってこられないかもしれないって、教えられたばかりなのに……。

「幸先がいいとは言えないな」

それ以上の愚痴をこぼしている暇も無さそうだ。

機天使が俺のいる方角へ向けて進行しているからだ。軍人と思われる人たちが、一斉に手に持った重火器を放っている。

焼け石に水といったところだ。

あの機天使……以前に俺が戦ったハニエルとは大きさ自体が違う。

一回りも大きく、六枚の翼を持っている。

またしても閃光を放とうとしたとき、威勢の良い男の声が聞こえてきた。

「どいていろ！　邪魔だ！」

手には黒剣グリード。褐色の肌に、髪は燃えるような赤色をしている。

長身で鍛え上げられた肉体が装備の上からも容易にわかってしまう。

一直線に機天使へ向かっていく。

閃光を放たれたとしても、いとも容易く黒剣で切り裂いてみせる。

「すごい……」

身のこなしが洗練されており無駄がない。それはアーロンを思わせるものだった。いや、アーロンよりも上かもしれない。

「機天使は俺がやる。お前らは自分ができることをしろ！」

彼は部下と思われる人たちへ声をかけると、彼らを置いて単身で駆け出していく。

黒剣の使い手か。それなら、もしかしたら彼は大罪スキル保持者かもしれない。

この世界のマインの手がかりを知っているかもしれない。

俺は彼に加勢するために、地面にいくつも転がっていた長剣の一つを手に取る。

すぐに追いかける。

体の動きは、現実世界と同じように動かせる。これならいけるぞ。

先を行く赤髪の男に声をかける。

「俺も加勢します」

「ん？　お前は見たことの無い顔だな。黒髪黒目か……ガリア人じゃないな」

「それは……」

「まあ、いいさ。仲間は多ければ多いほどいい。なんせこの世の中は、誰でも彼でもすぐ死んじまうからな」

あっけらかんと言う彼は、並走しようとする俺を手を向けて制する。

「だがな、これは俺の獲物だ。腹が空いてしかたないんだ。俺の中のスキルが言っている。こいつを喰らわないと治まらないとな」

彼はさらにスピードを上げて、黒剣を煌めかせた。

機天使は翼から爆発する羽を振りまいて応戦する。しかし、彼はすべてが止まって見えているかと思えてしまうほどの身のこなしで進んでいく。

一閃。それだけだった。

見上げるほどの巨体をコアごと縦に両断してしまった。

「くぅ～！　うめぇ～!!　これだから、大物喰いはやめられない！」

間違いない。彼は暴食スキル保持者だ。

俺のときもそうだった。機天使を喰らった場合、暴食スキルから異常な高揚感を感じなかった。グリードが言うにはたしか……出来損ないの同族だったはず。

「まあ……いい気はしないけどな。で、お前は何者だ？」

両断されて横たわる機天使を後ろに、赤髪の男は俺に振り向いて聞いてくる。

「俺は……フェイト。道に迷って……」

そう言うと大笑いされてしまった。

「なんだ？　道に迷ったって、この戦場のど真ん中でか？　面白いやつだな。でも俺を助けてくれようとした気概、機天使を前にしていい度胸している。気に入ったぜ。俺はケイロスだ」

ケイロスは押しの強い男で、無理やり俺の腕を掴んで引っ張り出す。

「さあ、俺たちの拠点へ案内してやる。こんな場所にいると飯も食えないだろ。腹が減ってはなんとやらだ。俺は特にそうなるとダメだからな」

「助かります。正直、困り果てていました」

「だろうな。そんな顔している。お前、フェイトといったな。一つ教えてやる。戦いでは感情を表に出さないほうがいいぞ」

「よく言われます」

「あっははは。まあ、でも素直なことは良いことだ。こんなひどい世界だから尚更な」

黒剣を鞘に収めると、愛嬌のある顔を俺に向けた。

機天使を倒したことで、相手が進攻をやめて退却し始めていた。

「さて、今日の戦いは終わりだ。次はもっと強いのが来るかもな。その前にしっかりと休んでおかないとな」

俺は彼の腰に下げている黒剣を見ながら言う。

「凄い剣ですね。あんな巨大な敵を両断するなんて」

「こいつはグリードっていうんだ。性格は悪いが、良いやつだよ」

「一言余計だぞ。ケイロス」

「悪かったって、そう怒るな。この通り、喋る剣ってやつだ」

ケイロスは黒剣を撫でてなだめていた。

あのグリードの様子なら、俺が知っている彼とは違うようだ。

それに、読心スキルで俺としか話せなかったグリードが、周りと意思疎通ができている。

つまり、ケイロスはグリードの力を第五位階以上解放していることになる。

俺にはまだできていない領域だ。

それにしても、本当にここがガリア大陸なのか？

俺の知っている、荒廃して得体のしれない植物が生えている世界とは違っていた。戦いによって、土地は傷んできているが、ちゃんと緑はまだ残っていた。

「ぼーっとするな。拠点はここより北上した場所にある。いくぞ」

「はい、ケイロスさん」

「さん付けはいらない。ケイロスでいい。みんなそう呼ぶ」

歩き出すケイロスの後について、北上していく。

しばらくして見覚えのある黒い壁が視界に入ってきた。

「バビロン……」

「なんだ、バビロンって？」

「いや、なんでも」

ここではあれをバビロンって言わないようだった。

ケイロスは少し首を傾げた後、何かに閃いた顔をした。

「いいね。バビロン！　ずっと名前を決めろって言われていたんだ。それいただきだな」

「そんな……安直でいいんですか？」

「いいんだよ。拠点の名前なんてものを、俺に考えさせようとしたやつが悪い」

近付いてみると、俺の知っているバビロンとは違っていた。

いや、バビロンになろうとしていると言ったほうが正しいだろう。

黒い壁は回り込んでみると、まだ建設中だった。

「部材がまだ足りなくてさ。アダマンタイトを敵陣からいただくのが、これまた大変なんだ。俺としては戦っているほうが楽なんだが」

ケイロスは建設作業をしている人たちに声をかけて労をねぎらっていた。

さきほど戦っていたはずなのに、全く疲れを見せないのは大したものだ。

それにこの人は俺と違って、暴食スキルの影響を受けていないのだろうか。今のところ、そのような素振りが全くない。

しばらくして戻ってきたケイロスは、宿舎に案内してくれるという。

「とりあえず、飯だな」

「あの……どうしてそこまでしてくれるんですか？」

「最初に言っただろ。気に入ったってな。それにな……」

「それに？」

「お前から同じ匂いがする。わかるんだよ、俺たちはさ。そうなんだろ？」

俺は迷ってしまった。ここであなたと同じ暴食スキル保持者だと言うべきかを。

結局、答えられずにいると、ケイロスは「まあ、いいさ」とだけ言った。

そして気分を害すこともなく歩き出す。

「似たような新入りがこの前来たんだよ」

「新入り？」

「ほら、あそこにいる。また一人で隅っこにいるな。戦いはめっぽう強いが、それ以外はいつもああだ。困ったやつだ」

そう言いながらも笑顔のケイロス。その指差した先にいたのは、褐色の肌に白髪の少女だった。

そして、忌避されるくらい真っ赤な瞳が印象的だ。

彼女は膝を抱えて、ぼーっと空を眺めていた。

「マイン⁉」

あまりに大きな声で言ってしまったものだから、周りにいた人たちが俺の方を一斉に振り向いてしまったほどだ。

ケイロスはそれを聞いて、また何やら閃いた顔をした。

「なんだ。知り合いか。なら、新入り同士仲良くやってくれ。頼んだぜ、フェイト」

ケイロスはそう言い残すと、他に用があるらしく立ち去ってしまった。

取り残された俺に、マインの視線が刺さる。それはそうだ。

だって、あれほど大声で彼女の名を呼んでしまったからだ。

第20話　追憶の中で

マインは俺の方をしばらく見つめていた。

彼女の服装は今の白を基調としたものとは違っていた。真反対の黒を基調とした装いだ。赤い瞳も合わさって、どこか近寄りがたい印象を受けてしまう。

彼女は見るだけ俺を見て、プイッと顔を逸らしてしまった。

困ったな……。いやしり込みしていたらダメだ。俺は思い切って近づいていき話しかける。

「やあ、マイン」

「……あなたは誰？」

そうきたか……。

グリードのときと同じだ。この世界で、俺は初対面のようだ。

よしっ、ここがマインの心の世界なら、まずは、仲良くなるところから始めないとな。

じゃないと、まともな会話も難しい。

　マインは膝を抱えたまま、資材の上でじっとしている。

「俺はフェイト」

「……フェイト」

「さっき、戦闘に巻き込まれているところを、ケイロスさんに助けられたんだ。それでここに連れてきてもらったわけさ。君はどうして、ここに？」

「ケイロスと戦って負けた。スロースを取り上げられてしまった」

「返してくれないから、ここにいるわけか」

「そう」

「困ったな」

　俺は横に座りながら、ぼーっとマインと外壁の建設作業を見ていた。

「あなたはどこから来たの？」

　俺の容姿を見て言っているのだろう。ケイロスがここでは黒髪黒目が珍しいと言っていた。褐色を特徴としたガリア人ではないことは明白だ。

「ここからずっとずっと遠くから来たんだ」

「辺境の地？」

　今ここで現実世界からやってきたなんて言えそうにない。

　マインの心は未だにこの過去に囚われている。

　このままマインの過去という世界に合わせるしかなさそうだ。

「そういうことかな。ここも人が住める土地とは言い難いけど？」

「昔はそうじゃなかった。一帯に大都市が広がっていた。その瓦礫を集めてケイロスたちはあれを作っている」

「ケイロスは誰と戦っているんだ？」

「誰じゃない。ガリアという国と戦っている。そして私は捕虜」

　国と戦っているのか。

　あの規模の戦闘なら納得だ。明らかに戦争と言えるものだったしな。

　それにしても、マインが捕虜と言ったことが気になった。

「捕虜にしては自由だな」

「負けた私にはもう帰る場所はない。あの人はそれをわかっているから」

　帰る場所がないか……。察するにマインは帝都が放った刺客だったようだ。

「あなたこそ、ここにいる理由がわからない」

「危険なのにいるってことか？」

「そう。それにあなたから私たちと同じ力を感じる。ケイロスに似た力を」

「もしかして興味を持ったから、話してくれているのか？」

マインは静かに頷いた。大罪スキル保持者は互いに認識し合えるらしい。

俺もその感覚を感じる。それは磁石のように互いに引き合うようだ。

一度近づいてしまうと離れ難くなってしまうのだ。

「それもある。あと、なぜか……あなたと話していると落ち着く。私たち……どこかで会ったことがある？」

赤い目がじっと俺の顔を見つめていた。

過去に囚われていると言っても、わずかにでも今が含まれているのか？

どうする？　どう答える？

「俺は……」

そこまで口を開いたところで、ケイロスから声がかかった。

「二人共、飯だ。腹が減ってはなんとやらだ」

「私はもう戦う気はない」

「そんなことを言うな。お前の力が必要なんだ。フェイトも早く来い」

ケイロスは俺たちを立ち上がらせる。

そしてマインの背中を押して言う。

「そう言いながら、いつも誰よりも食べるくせにな」

「ぐっ」

俺も知っている。彼女はよく食べることを。

先を歩くマインを見ながら、ケイロスは教えてくる。

「あいつは暴食の俺よりも、食べるんだぜ」

「どこから、食料を確保しているんですか？」

「帝都からだ。先程の戦いに乗じて別部隊が調達してきた」

「それって……つまり」

「暴食らしいだろ。いつも奪ってばかりさ。お前にはそうなってほしくないがな」

「ケイロスさん……あなたは一体」

「さあ、飯を食ったら、もうひと暴れだ」

用意された食事は、お世辞にも美味しいものではなかった。

腹に入るだけでも良いと言って、ケイロスは美味しそうに食べている。

横に座るマインは黙々と食べている。たしか……以前に彼女は味覚を失っていて、何を食べても同じだと言っていた。

ケイロスと似たようなことを言われるかと思ったが、

「マインはこれを美味しいと思うか？」

「まずい。施設の方がまだいい」

「えっ⁉」

「なに？」

「これの味がわかるのか？」

「当たり前。私はこれでも味にはうるさい」

「本当に⁉」

「しつこい」

怒られてしまった。

しかしながら、マインが味覚を持っているらしいことはわかった。

まだ、このときには失っていなかったのか。

性格は相変わらずだけどさ。

「よかったら、俺の分をあげるよ」

「おおっ」

目を輝かせて、俺の食事を食べ始めた。もちろん、自分の分はすでに完食済みだ。

それを見たケイロスが笑っていた。

「今回は俺の分を食べられずに済みそうだ。捕虜のくせに図々しいやつだよ。フェイトはそれでよかったのか？　腹が減るのはきついだろ？」

「慣れていますんで」

ため息をつきながら言うと、またしても笑われてしまった。

「そこは慣れたらダメなところだろ」

マインの豪快な食欲を二人で眺める。

「この調子なら、おかわり確実だな。フェイトはどう思う？」

「絶対するでしょうね」

「いつもこうだからな」

マインは食べるだけ食べて、また隅のほうへ行ってしまった。

それを見送りながらケイロスは言う。

「腹いっぱいになったみたいだな。ん？　どうした？」

俺が彼の様子を見ていたから、気になったようだ。

「ケイロスさんは、どうして戦っているんですか？」

「どうしてかときたか……。始まりはただ単に生きるため。そして今も生きるために戦っている。崇高な志のもとに戦っているわけじゃない」

　ケイロスは拠点を建設している人々を見回した。

「いつの間にか、こんなに大所帯になってしまったけどな」

「生きるため？」

「そうさ。人間らしく生きるためだ。俺やここにいるやつらは、帝都のおもちゃだった。逃げ出して、ここに流れ着いて、そして戦うことを選んだわけさ。さっきの戦いで倒した機天使がいただろ？」

「逃げられなかったら、俺もああなってしまっていたかもしれない」

　彼の話では、帝都で人を使った実験が繰り返されていたそうだ。

　そこでは人間のランクが厳格に決められていた。最低民となった者に人権は存在しない。

　神から与えられたギフトである、スキルの研究のためなら何をしても許されていた。

　より強いスキルが生まれる仕組みを解明することが、研究の目的だったという。

　異常な研究の中で、それをよしとしない研究者の助力によって、外の世界に脱することができたそうだ。

「あのとき助けてくれた人は、死んでしまったよ。その時に言われた『生きろ』って言葉があったから、ここまでやってこられたのかもしれないな。暴食スキルに何度も飲み込まれそうになったけど、あの言葉が俺を呼び戻してくれたものさ」

　ケイロスは俺よりも暴食スキルを使いこなしているように見えた。

　でも、状況は俺と似ているのかもしれない。

「あなたでも……暴食スキルは難しいですか？」

「お前が一番わかっているだろ？　それに、このスキルを特別な力だと思ったことはない。俺からしたらこれは呪いだよ。フェイトはどうだ？」

「俺は……たしかにそう感じなかったというと嘘になります。でも、この力が無かったら、大事な人は守れなかったし、今の俺はいなかったです」

「その気持ち、よくわかるよ」

　俺が知る限りでは帝都ガリアは滅んでいる。

　この戦争は、ケイロスたちが勝つはずだ。そして、彼は命を落としている。

　グリードが言っていたから、間違いないだろう。

　ふと視線を感じる。その方向を見ると、マインが俺を見つめていた。

第21話　追憶の回廊

ケイロスが元気の良い声で、重苦しいムードを変えられないかと模索しているようだ。彼は言動が荒いが、いい人だと思う。

「すまないな。フェイト、いきなり巻き込んでしまって」

そう言いながら、ケイロスは歩きながら俺の肩に手を回してきた。

「これから、とある施設に潜入する。内通者から、このタイミングしかないと連絡が来てな」

「それはいいんですけど、俺なんかを信用して良いんですか？」

ぽっと出のどこの誰かなんてわからない人間をだ。

「こういうことは時間をかければ、かけるほど良いってわけじゃないさ」

「なら、どういうことですか？」

「少なくとも目的が近ければいいんだよ。お前はこのガリアに興味がある。施設に潜入すると聞いて、目の色が変わったからな。それだけで俺としては十分だ」

「安直すぎませんか？」

「そうか？　俺はこれでここまでやってきたぞ。自分にとって、信用できる人間ばかりなら、それは素晴らしいことさ。だが、そんなに都合のいい話にはなかなかお目にかかれなかったな」

ケイロスは俺から離れて、後ろを歩くマインにも声をかける。

「スロースを返してやったんだから、約束は守ってもらうぞ」

「わかった。それを果たしたら、私の好きにさせてもらう」

マインは手元に戻った黒斧をケイロスに向けて言った。

「おいおい、もしかして再戦するつもりか？」

「もちろん。あなたの首を持って帰る」

「無駄なことを……」

空を見上げながら、ケイロスは溜息をついた。

そして、すぐにその気持ちを笑い飛ばすように言う。

「いいぜ。次はお前の気が済むまで付き合ってやるよ。まっ、勝つのは俺だけどな」

「次は負けない」

マインは淡々とした口調で、ケイロスを殺すなんて言っている。

俺は不穏な二人に板挟みにされて居心地がとても悪い。

宣言された当の本人は、やれるものならやってみろと言わんばかりだった。

彼女も変なところで律儀過ぎるな。ここで約束を破って、戦えばいいものを。

まあ、それは俺がよく知っているマインらしさだ。

思わず笑ってしまうと、

「何が可笑しい？」

物凄い気迫で睨まれてしまった。さすが、憤怒スキル保持者だ。

気が付いたら、バビロンを旅立った頃の重い空気は消えていた。これはケイロスの気配りのおかげだろう。

三人の様子をずっと見守っていたグリードが警鐘を鳴らす。

「お前ら、仲良しごっこはもう終わりにしろ。敵が来たぞ」

「さすがはグリード様だな」

「おべんちゃらはいい。ケイロス……無理をするなよ」

目の前に広がるのは魔物の大群。数体の機天使も混ざっているようだった。

ケイロスの説明では、定期的に帝都から放たれるものらしい。

「目的地までの準備運動といこうか。フェイト、マインはいけるか？」

「「もちろん」」

俺はケイロスから借りた大剣を構える。

この武器でも耐久性に不安が残る。だが、いつも使っていた大罪武器は、ケイロスの手にある。そんな中で、俺の力になんとか耐えられた武器は、この大剣しかなかったわけだ。

嫌な緊張が俺の中を駆け抜けていく。

グリード無しの戦いがまさか……ここまで不安だとは……。

今まで彼に頼りっきりになっていたことを痛感してしまう。

「殲滅するぞ。進軍を許すと、あれらはバビロンに達する」

黒剣を鞘から引き抜いたケイロスは、素早く形状を黒弓に変えた。

そして、自身のステータスを与えて、黒弓を成長させていく。

流れるような自然な動きで、静かに《ブラッディターミガン》を放った。

「なっ⁉」

俺とは威力の桁が違う。彼の様子からは多量のステータスを捧げているようには見えない。

つまり、俺はまだグリードを扱えていないというのか。

半分を消し飛ばしたケイロスに、暴食スキルの余韻は感じられない。

「くぅっ〜！　やっぱり一気喰いはうまいな。ブラッディターミガンはこれができるから、いいんだよな」

「調子に乗るな！　まだ半分残っているぞ」

「はいはい、グリードは心配症だな」

「チッ」

先制攻撃が功を奏す。あれだけの威力を持つ攻撃を放ったのだ。

群れは乱れて四散し始めた。

「さあ、チャンス到来だ！」

駆け出すケイロスに俺たちも続く。

俺には試したいことがあったから丁度いい。ここでは俺の暴食スキルが発動するのかを知りたかった。

まずは手頃な魔物からだ。

俺はオークの首を刎ねる。

倒れ込んで、確実に仕留めている。だが、聞き慣れたステータス上昇を知らせる声は、いつまで経っても俺に届くことはなかった。

目に見える魔物を手当たり次第、倒していく。それでも同じだった。

そして、経験値を得て、レベルが上がることもなかった。

まあ、当たり前だよな。ここは現実世界ではないのだ。

「フェイト、何を立ち止まっている。考え事なら、終わってからにしろ」

俺に注意するケイロスは機天使を仕留めていた。

マインを見れば、これまた相変わらずといったところか。

彼女にとっては準備運動にもならないみたいだ。

地平線を埋め尽くすほどいたにもかかわらず、またたく間に一掃していった。

「よしっ、これで終わりだ。フェイトもマインもご苦労さま」

見たことのない魔物の頭を切り落として、ケイロスは俺たちを褒めてきた。

「これは……何ていう魔物ですか？」

「さあな。どうせ、新種だろ。最近、こういった魔物が混ざっているんだ。結構強いぜ」

そのあと彼は「今のところは」と付け加える。

「新種たちを初めて見たときは、オークくらいの強さだった。今ではあの出来損ないの機天使くらいだな」

「それってまずくないですか？」

「俺としては美味しいね。暴食スキル持ちにとっては、強ければ強いほどごちそうだろ？」

「はぁ……」

返答に困ってしまう。

ケイロスはそんなことなどお構いなしに、もうひと暴れしたいなんて言っていた。

本当に彼は暴食スキル保持者なのだろうか？

そう思えてしまうほど、ケイロスは倒した対象の魂を喰らうことに抵抗がなかった。

「さてと、もう少し歩けば、見えてくるはずだ」

彼らの歩く速度は、普通の人の速度ではない。

ガリアの奥へかなり入っていく。

感覚的に緑の渓谷がある場所くらいだろうか。ここではそのような場所はなかった。

あるのは、黒く聳える研究施設だ。

規模は大きい。ハウゼンの地下に眠っていた都市レベルだ。

もう施設なんて呼んでいいのかを迷ってしまうほど巨大だった。

「これに潜入するんですか？」

「そうだぞ」

またあっけらかんと言う人だな。ケイロスは緊張感というものをどこかに忘れてしまっているようだ。

俺は目線を移動してマインを見た。

一番の問題は彼女だろう。隠密行動はとてもできないと思う。

正面の門を壊して、立ち入りそうだし。実際に一緒に旅をしていた頃はそんな感じだった。

不安そうに見ていたことを気付かれてしまって、ムッとした顔をされてしまう。

「あなたよりも、うまくできる」

「本当に？　コソコソするのは苦手そうに見えるよ」

「これでも、ケイロスを殺すための暗殺者だった」

マインは胸を張って言う。

横目で、ケイロスを見ると苦笑いしていた。

察するに、きっと正面から仕掛けていったのだろう。それとも、隠密行動がバレバレだったのかもしれない。

「まあ、静かにしていればいいさ。段取りがすでにできている。お前たちは、静かにしていてくれさえすればいい」

彼は俺とマインの顔を順々に見ていく。

「返事は！」

「「はい」」

「よしっ、良い返事だ。さあ、こっちだ」

ケイロスの案内で、研究施設に侵入を試みるために歩き出す。

第22話　ガリアの研究施設

俺たちは研究施設から少し離れた東側に向かう。

「こっちだ」

「ケイロス、この先に何があるんだ」

「行けばすぐにわかる。臭うから覚悟しておけ」

悪臭に気をつけろ？

何を言い出すんだろう。そう思っていると、彼の言う通りの理由が目の前に現れた。

「下水道だ。研究施設の汚水をここから排出している」

「本当にここを行くのか？」

「そうだが何か？」

問題でもあるのかと言わんばかりの顔だ。

後ろのマインが顔を引きつらせている。これは珍しい顔だぞ。

「提供された情報によると、下水道はセキュリティが手薄らしい。それに今はそのセキュリティも協力者によって、解除されている」

「その人を信用していいんですか？」

「言うと思ったぜ。なら、そいつを信用した俺を信用しろ」

面白いことを言う人だ。

しかし、謎の説得力がある。彼が言うのなら、信じてみたくなるというか……それに似た何かだ。

バビロンにいる人々を率いて、帝都ガリアと戦っているだけある。

汚水に足を入れる。うううぅぅっ⁉

背筋がゾワッとしてしまう。

「早く進むぞ。遅れるな」

先行するケイロスに促されて進もうとする。しかし、後ろにいる人が全く動いていないではないか！

「マイン、早くしないと置いて行かれる」

「……これは無理。乙女の沽券に関わる」

彼女の口から乙女という言葉が出てくるとは、予想していなかったため、思わず吹き出してしまった。

ゴッツン！

結果として俺は黒斧の平で殴打されてしまった。

「痛っ！　何をするんだよ」

「因果応報」

たんこぶができているじゃないか。

この乱暴者がっ！　この傍若無人ぶりは平常運転だ。

「仕方ないな。ほら、上に乗れよ。そうすれば汚水に浸からないから」

「それは……恥ずかしい」

おいおい、ご冗談を！

羞恥心の欠片も無いマインさんが、肩車で恥ずかしがるなんて、ありえますかっ⁉

以前に下着一枚で俺の前に現れた御仁だぞ。その際に、恥ずかしくないって胸を張って、俺に見せつけていた。

それが顔を赤らめさせて、戸惑っている。

もしかして、このマインは偽物か⁉　絶対に偽物だ！

なんだかさ。無表情なところは似ているが、とても感情豊かなんだよな。

本当にお前は誰だよっ！

未だにモジモジしている彼女に言う。

「なら、ここで留守番だな。ケイロスさんにはそう言っておく」

「待って、わかった。頑張る」

手をぐっと握って、彼女は宣言をした。

そして、ゆっくりと俺の肩に乗ってきた。

「重い⁉　重すぎる、沈む！　もうダメだ……沈んでしまう……」

「乙女に失礼！　今度こそ沽券に関わる」

「暴れるな。勘違いするな。お前が重いんじゃない。スロースが重いんだ。さっき戦ったときの重さは解除しているのか？」

「……忘れていた」

頭の上でマインは失態を演じてしまったことに照れているようだった。

落ち着いたところで、ケイロスに合流するとデコピンをされてしまった。

「お前らな……これが潜入だってこと忘れてないか」

「「はいっ！」」

「返事は良いだけに、絶対にわかっていないだろ」

次に騒いだら、頭から汚水の中に突っ込んでやると言われてしまった。

それだけは、ごめんだ。

俺たちは、心を入れ替えて静かに彼の後に続く。

「やればできるじゃないか。まあ、できてもらわないと困るんだがな」

半ば諦めの色が混ざりながら、ケイロスは光が漏れている天井を指差した。

「あそこだ。この備え付けの梯子(はしご)で登るぞ。先に行くぞ」

「はい。マインも先に行って」

「わかった」

肩車したままだと体勢が悪くて登れない。

マインは俺の肩から梯子に飛び乗る。そして黒斧を落とさないようにして登り出した。

最後に残った俺は梯子に手をかけた。上を向いたときマインの悲鳴が聞こえてきた。

「キャッ……上を向くの禁止」

「でも、それって登りにくいよ」

「下を向きながら登る。そうしないと、この黒斧で下に落とす」

見上げて下着を見られるのが、恥ずかしいようだ。

またまたご冗談を。あの威風堂々としたマインさんですよね。

下着の一枚や二枚を見られたくらいで、そのような反応をするわけがない。

「まだ見ている。落とす！」

「うあぁぁ、やめて！　すみませんでした」

「だからっ！　お前ら、静かにしろっ！」

代わりにケイロスの雷が落ちてきた。

やっとのことで上がると、白衣を着た一人の女性が出迎えてくれた。紫がかった白髪に褐色の肌をしている。眼鏡の奥から、知性的な瞳がキラリと光った。

「こんにちは、みなさん。そしてケイロス以外の方、はじめまして、ミクリヤです。ケイロスからすでに話は聞いていると思うけど、彼に協力しています。さあ、こちらへ。ケイロスもよ。そのままだと臭うから」

「へいへい」

「へいは一回！」

「この女は変なところで厳しいんだよ」

首根っこを掴まれたケイロスは、奥の部屋に連れ込まれてしまった。

俺たちもすぐに彼を追う。

「待ってください」

「あの女……ケイロスを手玉に取っている。なかなかやる」

自分を倒したケイロスの姿に、マインは興味を示していた。

俺からは、ただ尻に敷かれているだけのように見える。

中へ入ると、プライベートスペースみたいだ。

案の定、ミクリヤから予想通りのことを説明される。

「ここは私の研究室。シャワーもあるから、まずは浴びてくると良いわ。その間に着ている服は洗っておくから。すぐに乾くから安心しなさい」

それならお先にとケイロスがシャワー室へ消えていった。

残された俺たちは研究室を見回していた。

「フェイトも臭うから、早く綺麗にしたほうが良い」

「誰かさんを肩車して、余計に汚れているんだよ」

汚くなってしまった服をつまみながら言う。すると、彼女は少しだけ迷った素振りを見せた。

「その……ありがとう」

おおおおっ。マジかっ⁉

あのマインさんがお礼を述べられたぞ。

俺がどれだけ尽くしても、当たり前だよねって感じだったのに……。

このマインは、いい子だ！

俺が知っている、金勘定が大好きで、俺の食べ物を横取りする。そんなマインはここにはいないぞ。

思わず頭を撫でたくなってしまうほどだ。

「よしよし」

というか、感極まって実際に頭を撫でてしまった。

「何をする！」

うあああぁぁ、危ないって！

噛みつかれそうになって、さっと手を引いて躱す。もう少し遅れていれば、持っていかれるところだったぜ。

猫かと思ったら虎だった。

たまにじゃれついてくるような素振りを見せて、油断すれば本能に目覚めて噛み殺そうとしてくる。

やっぱりこうでなくてはマインじゃないよ。

「何が可笑しい。なぜお前は私を見てすぐに笑う！」

ポカポカと胸を叩かれる。いや、訂正する。

そんな可愛いものではない。

心臓に響き渡るほどのドカドカだった。

あまりの衝撃に咳き込んでいると、ミクリヤに笑われてしまった。

「仲がいいのね。あなたたちは」

「ち、違う！」

マインは走って隣の部屋に行ってしまった。

勝手に他人の部屋に入っていいのだろうか。ミクリヤの顔を見ると、微笑んで頷いてくれた。

「いいのよ。別に見られて困るものは置いてないわ。壊されても大丈夫っ！」

「なら、安心しました」

「改めまして、私はミクリヤ。ここの研究施設で副研究所長をしているの。ケイロスとは……まあ、いろいろとあってね……腐れ縁ってやつね」

「俺はフェイトです。さっきの子がマインです」

「彼一人で来るはずだったのに二人増えていたから、ちょっとびっくりしたわ。よろしくね」

差し出された手。

俺はミクリヤの手を握った。

「えっ⁉」

その瞬間、頭の中に真っ赤な映像が流れ込んできた。

決して読心スキルが発動しているわけではない。ここは現実世界ではないのだ。

無理やり流し込まれたそれを拒むことはできなかった。

燃え盛る研究施設の中で、ミクリヤはケイロスに殺されようとしていた。

首を絞められて、彼女はゆっくりと意識が遠のいていく。

ケイロスは忌避されるほどの真っ赤な瞳で、泣いていた。

そんな彼にミクリヤは最後の力を振り絞って、手を重ねて何かを言おうとしていた。しかし、首を絞められて声の出せない彼女には、唇を動かすことしかできない。

「フェイト、どうしたの？」

「ん⁉」

名前を呼ばれて我に返ると、俺は研究室に立っていた。

何なんだ……さっきのことは？

彼女には俺が黙ってずっと俯いているように見えたらしかった。

「ここに来るまで大変だったでしょう？　ケイロスは人使いが荒いからね。シャワーを浴びたら、少し休むといいわ。私はまだやることがあるから、それを片付けてからにしましょうか」

ミクリヤはそのまま近くにある席に座って、パネルとにらめっこを始めた。

何かの研究資料に目を通しては、修正を加える作業みたいだった。

内容を後ろから、ちらっとだけ覗いたら「集合生命体」という文字が飛び込んできた。

えっ⁉　集合生命体って、現実世界で今戦ってるシンのことだよな。

「コラッ、私の研究データを勝手に見ない。マナーが悪いわよ」

「すみません」

続きをたくさん見られなかった。それでも、転用方法について多岐にわたるという文章が拾えた。

ミクリヤは集合生命体を使って、何かを作り出そうとしているのだろうか？

さきほどの調子なら、そこに書かれている研究資料について教えてくれそうもないな。

案の定、もう一度パネルに表示されている文章を読もうとしたら、睨まれてしまった。

「ケイロスがシャワーから出てきたみたいだから、さっさと行きなさい」

「一つだけ聞いていいですか？」

「う〜ん、いいわよ。手短にね」

「集合生命体を作ったのはあなたですか？」

「そうよ。ほら、早く行く」

背中まで押されてしまっては、観念してシャワーを浴びに行くしかなさそうだ。

さっぱりとしたケイロスがすれ違いざまに俺の頬を叩いた。

「今は先が見えなくて淀んでいるだろうが、そのうちさっぱりする」

「どういう意味ですか？」

「まずはシャワーを浴びて来いってことさ」

ケイロスにまで背中を押されて、俺はシャワー室に向かうことになった。

彼の言う通り、今はこの汚れきった姿を綺麗にするほうが先決だろう。

研究施設に潜入と聞いて、どうなることやらと思っていたが、案外すんなりとできてしまって、拍子抜けである。

これなら、道中に出会った魔物の群れとの戦いの方が大変だった。

服を脱いで、シャワーを浴びながら、彼らの言うように一息つくことにした。

第23話　研究者ミクリヤ

さっぱりとしてシャワー室から出たときには、棚に置いていた装備は綺麗になっていた。俺の知らないところで、何が行われていたのかは不明だ。おそらく、ガリアの技術によって汚水まみれだった服は洗浄されたのだろう。

手早く着て、ミクリヤがいたところに戻ることにした。

そこにケイロスも一緒にいるはずだ。

案の定、二人でパネルを見ながら話し込んでいた。すぐにケイロスが俺に気が付いて手招きしてくる。

「フェイト、ここへ来い。いいものを見せてやる」

ミクリヤも先程とは違ってニコニコしている。情報として俺にも開示していいものらしい。

何を見せてくれるのだろうか。楽しみにして近づいてみると、

「研究施設の見取り図じゃないですか……」

「なんだ？　その反応は」

がっかりである。俺の知らないガリアの極秘技術とかを期待していた。

それが見取り図だなんて、俺のワクワクを返してほしい。

「そう不服そうな顔をするなって、研究施設の見取り図なんて、普通なら超極秘なんだぞ。ここはミクリヤ様！　ありがとうございます！　って言うところだからな。なあ、ミクリヤ？」

「バカっ！　あなたはいつもそうなんだから……」

ミクリヤはケイロスの頭を小突いて、溜息をついた。

「彼のことは放っておいていいわ。それよりも、私があなたたちを呼んだ理由はこれなのよ」

彼女が指差した場所は、研究施設の地下だった。そして、立体映像で表示されていた見取り図に触れると拡大されて見やすくなった。

しかし、これはどう見ても、

「ここには何も無いですけど」

「ええ、そうよ。今はね。でも、こうすると」

ミクリヤが素早く操作して、見取り図に手を加える。

途端に見取り図が一変する。

何もなかった地下に、大きな空間が現れたのだ。

「これは……なんですか？」

「それを調べてもらうために呼んだのよ。予定より二人も多いんだから、なんとかなるでしょ？」

ケイロスの顔を見ながら、彼女はニッコリと笑う。

「調べるのはいいが、何を求めているのかを詳しく教えていただきたいものだな。お前からはとても危険なものが研究されているってだけだからな。ここにあるものを倒せばいいのか？」

「そうね。倒せるのならそうしてほしいけど……ケイロスのスキル特性上、得体のしれないものを倒してしまうのは危険だわ」

「喰らって終わりじゃなさそうなのか……残念だ」

「呆れた。そんなことじゃ、いつかはあなたがスキルに耐えきれなくなって、本当の化け物になってしまうんだから。私は嫌よ……そんな最後は」

「大丈夫だって」

「はぁ……フェイトからも言ってやって」

彼の戦いぶりをここに来るまで見てきた。俺よりも暴食スキルを扱えているように思えてならない。魂を喰らったときの反動が、明らかに俺と比べて少ないようだったからだ。

俺はルナの力を借りてやっと抑え込めているのが現状だ。

とてもじゃないが、彼女無しにここまで生き延びることはできなかった。ガリアの地で天竜と戦う前に暴食スキルに飲まれていただろう。

「安心しろって、俺は暴食スキルとうまくやっているから、最近は大喰らいしても平気なんだよ。飢えも静まりつつある。これってさ、もしかしたら暴食スキルを完全に使いこなしつつあるってことなんじゃないか？」

「馬鹿げているわ。使いこなせるものでは決してない。私は逆に恐ろしいのよ。暴食スキルはあなたをずっと苦しめてきた。それなのに打って変わって静まり返っているのがね」

「いいことじゃないか。やっと力が十二分に発揮できる。俺は変わったんだ」

「変わってない。何も変わってない。これを見なさい」

ケイロスが見せられたのは、なにかの検査数値だった。

そこに現れた数字たちは、既定値を大幅に超えていた。俺が王都でライネに見せられたものとよく似ていた。

これは……俺よりもひどい状況だ。

「生きているのが不思議なくらいよ。ここに呼んだ理由はもう一つあるのよ」

「今は忙しい」

「そう言わない。地下の調査が終わったら、ケイロスの調整をさせてもらうわ。できる限りのことはやらないと。この施設内でも、帝都のやり方に不満を持っている人たちが増えているのよ。力も必要だけど、今一番重要なのは時間よ。その時が来た時に、中心となるケイロスにもしものことがあったらどうするの?」

じっと睨まれ続けたケイロスは、頭を掻いて項垂れた。

「わかったよ。調整は受ける。まさかこっちが本命じゃないだろうな」

「さあね」

俺から見れば、後者の方が本命と思えてしまいそうだ。

ミクリヤが言うに、その見取り図から消された地下で何かが飼育されているという。

始まりは少ない餌で済んでいたために、データチェックのフィルターにかからず、気が付かなかった。しかし、ここ最近になって大量の物資などが運び込まれるようになったという。

「内容から推測するに、おぞましい生物兵器だろうと思うわ。しかも急速に成長している」

「なら、尚更倒さないと、まずいだろ」

「ダメよ。ここには私以外にも、ケイロス側に付こうという人が現れつつある。もう少しだけ時間がほしいの。それに地下の情報は、私も含めて大多数の研究員たちには知らされていない。これを使えば一気にこちら側へ引き込めそうなの」

「そうなのか？　俺には簡単には思えない。ここの研究施設にいるやつらは、俺たち実験動物を人間だとは認識できていなかった」

「昔はね。忘れたの、私だって同じだった。でも、今はあなたに協力している」

「チッ……ミクリヤ」

「はい、これを持っていって」

渡されたのは撮影機械だった。大きさは手のひらサイズでコンパクトだ。

「ほらよ。フェイトに任せたぜ」

右から左へ俺に渡してきた。

「コラッ、ケイロスに渡したのに！」

「俺はいざとなったら戦う役だから。撮影している暇はないかもしれない」

「呆れた。戦いになったら、地上にあるここは破壊されてしまうでしょ」

「お前のことだ。そうなる前に仲間を連れて退避してくれるんだろ。期待しているぜ、副研究所長さん」

「あなたね……もういいわ。さっさと行きなさい。監視システムは偽装してあるから、人にだけは見つからないように」

携帯用の見取り図パネルも渡された。そして、ケイロスはもちろんそれを俺に投げてきた。

「頼むぜ。案内してくれ。俺はどうも地図を見るのが苦手なんだ」

「方向音痴なんですか？」

「だったら、この研究施設まで案内できないだろ」

それはそうだ。

単純に面倒くさがり屋なだけかもしれない。

ケイロスに連れて来られた目的もわかってきた。俺はずっと姿を見せないマインを探して、隣の部屋へ。

「寝ていたのか……」

真の武人たる者、いかなる場所でも休息が取れなくてはならない。

以前にマインが俺に教えてくれた。

　ケイロスと戦って、負けて捕虜になって、共に行動してさ。俺なら状況が様変わりし過ぎて、これほどスヤスヤと眠れないだろう。

　俺はマインの額に手を当てながら言う。

「お前はここに囚われているのか。何があったんだ……ケイロスと一緒にいれば、それを見せてくれるのか……マイン……」

　眠る彼女に俺の言葉は届いていない。

　しばらくして、彼女はうなされるように寝返りをうった。

「……ごめん。ごめんなさい。そんなつもりで……私は……違う」

　何かに襲われる夢なのだろうか。無表情な彼女らしくなく、苦痛に満ちた顔をしていた。

第24話　邂逅と祝福

ケイロスはマインを連れてきた俺を見て、目を見開いていた。

「何があったんだ？　ボロボロじゃないか」

「凶暴な虎にやられただけです」

「なるほどね。たしかに虎だ」

マインの機嫌は悪かった。彼女が起きるまでじっと様子をうかがっていたためだ。

その視線に気が付いて、マインは目を覚ました。そして、寝ている顔を見られたことが恥ずかしかったようで、噛みつかれたのだ。

「私の寝込みを襲うとは、とんでもないやつ」

「フェイト！　お前……」

「違います。冤罪です！　俺はただマインを起こそうとしていただけで」

「まあ……何てことでしょう」

「ミクリヤさんまで……」

二人共、俺がマインを起こしに行ったことを知っているくせに、ひどい仕打ちである。

この頃からマインは寝起きが良くないらしい。憤怒スキルの片鱗を感じざるを得なかったぜ。

「冗談はこれくらいにしておいて、行くぞ。準備はいいな？」

「「はい」」

よろしいとばかりにケイロスは頷く。そして、後ろに立て掛けてあった黒剣を手に取った。

「やっと先に進めるか。待たせ過ぎだぞ」

「悪いな。ここに来るまで、いつものようにはいかないようだ。フェイトのおかげだな。いや〜、久しぶりに、本当に久しぶりに面白くてさ。ついつい、時間が惜しくて振り回してしまったよ」

「酷いやつだよ……お前は。今も昔も変わらないか」

ケイロスは嬉しそうだった。

「では、行こうか。ミクリヤ、また後で」

「ええ。気を付けてね」

手を振って、彼女は俺たちを見送ってくれる。

部屋を出て、純白で清潔そうな通路を歩いていく。人の気配はほとんど無い。

「ここの研究者たちは敷地に対して、多くない。それに、ミクリヤのように自室に籠もって研究三昧だ。すれ違う方が稀さ」

ケイロスが言うには、研究者の生活や安全を保つために、施設自体がオートメーション化しているらしい。

先程の俺の汚れた服が綺麗になっていたのも、この施設の機能という。

監視システムはミクリヤが落としてくれているから、かなり楽みたいだ。

「言っておくが、内通者がいるから、ここまで簡単なんだぞ」

「そうじゃなかったら……どうなるんですか？」

あれほどの強さを持ったケイロスが、うんざりしながら言うほどだ。

俺が恐る恐る聞いてみる。

彼は奥の方を指差しながら教えてくれる。

「あれを見ろ。今は機能停止しているがな」

「銅像？」

「違う！　機工兵だ。あれはただの機械仕掛けの人形で、不審者を見つけると手当たり次第攻撃をしてくる。一度見つかると次々と集まってくるから面倒だ。それに、あれは生き物ではないから魂を持たない。つまり、暴食スキルで喰えない」

「満たされないから、つまらないですか？」

「その通り！　だから、せっかくお寝んねしているんだから起こさないでくれよ」

俺たちはミクリヤに指定されたルートをひたすら進んでいく。

通路から機関制御室へ入る。中へのシステムロックは、グリードが解除してくれた。見かけによらず、彼はこういった細かい仕事もこなせる剣なのだ。

ケイロスの話では、ミクリヤによってグリードにアクセス権限を与えたり、ハッキング機構が組み込まれているという。武器として以外にもいろいろと改造されているみたいだった。

以前に王都で軍事区の研究施設に潜入したときも、似たようなことをしてくれたのを覚えている。

「さて、ここからどう進むんだ？」

ナビゲート担当の俺にケイロスが聞いてくる。

見取り図によると機関制御室は、各フロアの電力や空調の管理をしている。

つまり、またか……。

これも以前に経験済みである。

「換気口を通り、地下を目指すようですね。地下に向けた正規ルートは、さすがのミクリヤさんでも、安全を確保できなかったようですね」

「まあ、そうだな。存在を知らされていなかったからな」

見取り図の指示通り、該当する換気口をこじ開けた。

「うぇ……。中は薄汚れているな。せっかくシャワーを浴びたってのに」

「ですね。マイン、今後は肩車でとはいかなそうだよ」

「……帰る」

ミクリヤの研究室に向けて、マインは歩き出した。

すかさず止めに入るケイロス。

「コラッ、待て！　約束はどうした」

「マイン……行こう」

「冗談。わかっている。約束は守る」

大きなファンが回る重い音が響き渡っていた。

地下へ向けて空気をしっかりと送っているために、中は突風でも吹いているかのようだ。

「フェイトは慣れているようだな」

「あははっ……昔似たようなことを経験したので」

「さすが水先案内人だ。俺が選んだだけのことある」

肩を叩かれて、そのまま前に押し込まれてしまう。

俺の後ろはもちろん賑やかなケイロス。最後尾は静かなマインだ。

「なんだか、冷えてきませんか？」

「寒い……」

「たしかにな。手がかじかんでくるな。グリード、今の温度は？」

「まったく剣使いの荒いやつだな。温度はマイナス十度だ。下に行くほど冷えているぞ。お前ら、そのうちカチンコチンになってしまうんじゃないか」

「だとよ。急いで進むぞ」

駆け足から、颯爽とスピードを上げていく。それも足音を立てずにだ。

行き止まりまで来たところで、吐く息は凍って、キラキラ光っていた。

防寒着がほしい。ここまで走って体を温めてきたのに、止まってしまえばあっという間に寒さに支配されそうだ。

「こんなところに何を飼っているっていうんだ。とてもじゃないが、生き物が生きていける温度じゃないぞ」

「寒いを超えている」

「見取り図でマークされているのはこの先ですね」

目の前にある大きな換気口の先が目的地だ。

俺は背負った大剣で静かに切り裂く。

「うまいもんじゃないか。まだまだ荒さが残る。しかし、しっかり実戦の中で鍛えてきたと感じさせる手捌きをしている」

「剣でこんなに褒められたのは、初めてです」

「フェイトの師匠は、厳しい人なんだな」

「まあ……」

俺の師匠と呼べる人は、アーロンを筆頭にたくさんいる。

皆が総じて厳しかったからな。

特にマインとエリスの二人による指導は、熾烈を極めたと言ってもいいだろう。

あのときは俺がくたびれ果てていたために「ボロ雑巾のフェイト」なんてあだ名を付けられたくらいだ。

「なに？」

辛い修行の日々を思い出して、鬼教官の顔を見てしまった。

今の彼女には、言ったところでなんのことやらわからないだろう。

首を傾げて、早く前に行くように押してきた。

「早く出る。出ないなら押し出す」

「わかったって、よっと」

周囲に人の気配が無いことを確認して、換気口から飛び出す。

そして視界に広がっていたもの……いや散らばっていたものを見て、更に体が急激に冷え込んでくるのを感じた。

人だった欠片たちが至るところに散乱している。

足元にも冷たく凍りついた手首が無造作に転がっている。

まるで、これじゃぁ……人間が……。

その先を口にしたのはマインだった。

「餌になっている」

「二人共、上を見ろ」

なんだ……何なんだよ……あれは。

機天使か、いや違う。

スライムのようにドロドロにいくつもの機天使が溶け合って、折り重なり合って、練り込まれたような存在だ。

この極限とも言える寒さの中でも、耐え抜いて凍ることなく蠢いている。

ボコッ、ボコボコ……ボコッ……。

その中から、いくつもの顔や手足が出てくる。

人間が取り込まれている。機天使のコアと同じようになってしまったのか。

全く違う。ルナのときのようにコアとしてあの人たちが機能しているとは思えない。もっと歪な取り込まれ方をしている。

彼らは泣き叫び、苦しみながら嗚咽を漏らしている。

そんな中でマインが後ずさるのを感じた。

「マイン？」

俺は彼女の名前を呼ぶが、声は届いていないようだった。しかし、混ざり合った異形の者の一人がそれに反応する。

こちらを向いて、目を見開きながら涙を流した。

「マ……イン、やっと……来てくれた」

第25話　託された黒剣

「そんな……間違っている。みんなはここにいるはずはない」

「マイン⁉」

手に持っていた黒斧を床に落として、マインは頭を抱える。

「何で……私は憤怒スキルにちゃんと適応したのに。だから、みんなは家に帰すって約束したのに、何でこんなことをするの」

「マイン、しっかりしろ」

そんな中で異形の怪物から、また一人の女性が顔を出した。

真っ白で長く綺麗な髪、肌も同じく透き通るくらい白い。

瞳はマインと同じように忌避されるくらい真っ赤だ。

俺が驚きつつも、彼女の名前を呼ぼうとした。しかしそれよりも先にマインの悲鳴にも似た声が聞こえた。

「ルナァァッ！」

ルナは何も言うことなく、ずっとマインを見つめていた。

マインはそれだけで体が動かせなくなってしまっているようで、時おりガタガタと震えていた。

俺は彼女の肩を掴んで、声をかけるが届きそうにない。

「フェイト、お前ならどうする？　この状況で何ができる？」

「ケイロスさん？」

異形の怪物を背にして、彼は俺に問いかけてくる。

大丈夫なのか？　そう思ったが、周りをもう一度見て、気が付いた。

俺とケイロス以外の時間の流れが止まっているのだ。

異形の怪物やマインも動くことなく、宙を舞っていた水蒸気の結晶すらも停止していた。

「フェイト、俺は暴食スキルを介してお前をずっと見ていた」

「見ていた？」

「そうだ。お前はスキルに取り込まれた魂を呼び起こせるようになった。だから、こうやって、俺もお前の前にやっと現れることができたってわけだ。お前には知ってほしかったんだ」

ケイロスは異形の怪物に取り込まれているルナの頭を優しく撫でる。

「これから、こいつらは俺たちを襲ってくる。その中でマインは自責の念によって、心のバランスが崩れてスキルを制御できなくなり暴走してしまう。そんな状況で俺にできたのはマインを触発するこいつらを倒すことだけ。結果は散々なものさ。お前はミクリヤを通して、この先も覗いたんだろ？」

「それは……」

「俺は大切だった人を喰らって、暴食スキルの生贄とした。俺ができることはいつだって奪うことだけだった」

ケイロスは悲しい顔を見せた後、ニッコリと笑いながら俺の胸を指差した。

「でもな。俺に代わって暴食スキルを継ぐ者が現れた。お前なら俺にできなかったことをやってくれる。だからな……これを託す」

「ケイロスさん……」

彼は鞘から黒剣を引き抜いて、俺に渡そうとしてくる。

「お前には、やっぱりこっちが似合っている。俺よりもな。まあ、グリードは口が悪くて大変だろうが、うまくやってくれ。頼れるやつだぜ」

「はい」

ケイロスから黒剣を受け取る。

しっくりくるな。この安心感はどの武器よりも勝る。

強く握ると、グリードが俺に応えてくれる。

「やっとここまできたか。待たせ過ぎだぞ、フェイト」

「グリード……お前。俺のことを知らなかったはずなのに」

「途中から思い出したぜ。ケイロスによって制限がかけられていたがな。おいっ、ケイロス！　なぜ俺様にそのようなことをした？」

「邪魔をしてほしくなかったんだ。それにグリードは昔から変わらないってことも知ってほしかった」

「大変だったんですね……すごくわかります」

「おお、同志よ！」

俺とケイロスで手を取り合っていると、グリードが悪態をつきながら言う。

「今はそんなときじゃないだろ。お前のせいで肝心のルナが取り込まれてしまっているじゃないか。どうする、フェイト？」

「決まっているだろ。ルナをあそこから解放する」

止まったまま動かない、異形の怪物に取り込まれている彼女をまずは助ける。

そうしないと、今のマインには声が届かないだろう。

ケイロスは頷きながら、俺の肩に手を置いた。

「またしばらくお別れだな」

「ケイロスさん！　手が⁉」

「まあ、そういうことだ」

俺の肩に置いた手が透け出していた。

「どうやら時間切れのようだな。俺が消えれば、干渉できなくなる。つまり抑えていたマインの精神が直接お前たちを襲うことになる。ここは完全にマインの世界になる」

「マインの世界」

「そんないいものじゃないさ」

ケイロスは目の前にいる異形の怪物を見据えた。

「長い間に熟成してしまい、マインの心の闇は、あれと同じものになってしまっている」

「あれがマインの闇」

「そうだ。更に憤怒スキルと混ざり合った負の感情ってやつは、どこまでも大きくなってしまう。最初は自分でどうにかできる大きさだったのかもしれない。それがいつしか、どうしようもできなくなったときにな。やっぱり仲間ってやつが必要なんだと俺は思う」

俺の横には、苦しんだままうずくまっているマインがいた。

「頼んだぞ、フェイト」

差し出された手を俺は握り返した。

「はい！」

ガラスが割れるような音と同時に、時間が流れ始める。

もうケイロスの姿はそこには無い。

それどころか、俺たちがいた地下の形が変わっていく。

寒さは全く変わっていない。それどころか更に冷え込んだように感じる。

「フェイト、この寒さはマインの心そのものだ。取り込まれるなよ」

「ああ、わかっているって」

マインは未だうずくまって、怯えている。

それに比べて、大人しかった異形の怪物が豹変する。まるで憤怒スキルを持つかのように怒り狂い出す。

やつの体から飛び出している人たちも、口々にマインを罵り始める。

ルナだけが目を開いたまま、じっとマインを見ていた。だが、しばらくして体内に引っ込んでしまった。

「ルナ……お前はそのままでいいのか」

「来るぞ、フェイト」

地下室は時を進めるように風化していく。錆びて、朽ちて、隙間から地下水が流れ込んでいた。

異形の怪物はすべての口で咆哮する。そのまま、マインに向けて突進を始めた。

俺はその間に入り込んで巨体を止める。

「こいつ……マインを取り込もうとしている」

「押さえ込め！　マインに決して触れさせるなよ」

「うおおおぉぉっ」

少しずつ押し返していく。

いけるぞ！

「油断をするな！」

「なっ⁉」

異形の怪物は触手のように手を伸ばして、マインではなく俺を取り込もうとしたのだ。

「なら、どちらが強いかを試してやろう」

マインは言っていた。暴食スキルは大罪スキルの中で一番罪が深いと。

あれが憤怒スキルと混ざり合っているのなら、まずはそれを分離させる。

「言うじゃないか。大罪スキル同士の力比べといくか」

「おう」

俺を取り込めるものなら、取り込んでみろ！

異形の怪物は触手を回して、俺を体内に引きずり込んだ。

中はたくさんの人たちの感情が混ざり合った場所だった。

その一つ一つが小さな声でとても聞き取りにくい。

「どうした？　何もできないのか？」

俺を溶かして取り込もうとしているようだが、異形の怪物にはその先ができそうになかった。

まさか、こんな形で暴食スキルに助けられるとは思ってもみなかった。いつも苦しめられていたのにさ。

マインの闇と同化した憤怒スキルには効果覿面だ。

俺を取り込もうとして失敗した異形の怪物に異変が起こる。グネグネと動き出して、異物となった俺を吐き出そうとし始めたのだ。

俺はこのときを見逃さなかった。心の底から彼女の名前を呼ぶ。

「ルナっ!!」

手を力いっぱいに伸ばして、彼女を待つ。

ルナが揃わなければ、俺たちは先に進めない。皆で帰るんだ！

吐き出されるっ！　そう思った瞬間！

「フェイト！」

俺の名前を呼ぶ声と共に、彼女が手を掴んだ。

この手は絶対に離さない。

異形の怪物から吐き出されたときには、俺の目の前にルナの姿があった。

「よかった」

「ちょっと、苦しいって……私は大丈夫だから」

抱き寄せた彼女は今もマインを見ていた。

「だらしないな、お姉ちゃん」

ルナは異形の怪物に構うことなく、まっすぐマインのところへ歩いていく。

あれを放っておいていいのか？　マインの闇なんだろ？

「あれではないわ。だってもうフェイトの暴食スキルによって力が弱められたわ。私が解放されたのが証拠。本当の問題は別にある」

うずくまって怖がるマイン。

ルナはしゃがみ込んで、彼女をそっと抱き寄せた。

「もう大丈夫だよ。そんな仮面を被って強がらなくても、大丈夫だよ」

その声はきっと誰よりもマインの心に届いたのだろう。

「お姉ちゃんは何も悪くない。私たちはお姉ちゃんを恨んでなんかいないんだよ。ずっと伝えられなくてごめんね」

ルナは俺に教えてくれていた。マインは後悔して苦しんでいるのではないかと。

自分だけ憤怒スキルに適応して、残ったルナたちを見捨ててしまったということを。

「あそこを出られるのは、たった一人だけだった。ただそれがお姉ちゃんだっただけのこと」

「……でも」

「悪い大人が嘘をついただけ」

マインは苦しそうに泣いていた。

「もういいのよ。もうわかっているんでしょ。みんなは、どのようなことをしても帰ってこないって。それ自体がお姉ちゃんが許されている証拠よ。そして、私はお姉ちゃんが大好き」

彼の地への扉が開かれようとしている。その中で、蘇らない人たちがいる。

彼らはもうこの世に未練が無いから、戻ってくることが無いという。

俺の父さんは蘇った。だけど、母さんは生き返らなかった。

その理由はルナが言った通りだ。

「完全に開けばみんな帰って来られる。そのためにお金もたくさん集めた。みんなで私たちだけの村を作ろうって約束したから」

「お姉ちゃん……もう一度言うわ。もういいの。私はそれを伝えたかったの。こうやって会えるのも、これで最後」

「いや。ルナっ!!」

泣きじゃくるマインをルナはゆっくりと胸から離した。

「らしくないな。みんなの憧れだったお姉ちゃんはどこに行ったの？」

ルナは俺をちらちらと見て、話を続ける。

「今のお姉ちゃんの仲間は私たちじゃない。今を生きて、お姉ちゃん」

「ルナ」

体は今という現在にあるのに、心が過去に囚われていては、本来一つのものが離れ離れになってしまっている。体と心が引き裂かれた状態では辛くて苦しいはずだ。

たとえ、マインのような天才的な武人だったとしても、信じられないくらい長い年月をそんな状態で生きていけば、どこかがおかしくなってしまう。

俯いていたマインがポツリとこぼした。

「……怖い」

それを聞いたルナがニッコリと笑いながら、俺を見た。

「大丈夫だよ。だって、今のお姉ちゃんにはここまで駆けつけてくれる仲間がいるじゃない。だからね……フェイトと仲良くしなよ。そうしないとね……許さないいんだから」

マインの頭を優しく撫でる手が……ルナの手が薄(うっす)らと消えかかっていた。

俺はそれに気が付いて、声をかけようとするが、ルナに首を振られる。

「フェイト、お姉ちゃんのことをお願いね」

「ああ……」

マインに近づいて、手を取ろうとするがまだやることがあると断られる。

「あれを倒す」

指差したその先には異形の怪物。

今も怨嗟の声を発していた。だが今のマインにはそれを受けても、先程のようなことは起こらない。

彼女は黒斧を手に持つと、異形の怪物に向けて大きく振り上げる。

「お姉ちゃん、今まで守ってくれて……ありがとう」

ルナの言葉と共に、黒斧は振り下ろされた。

異形の怪物は砕け散り、光の粒子となって消えていく。それと入れ替わるように、あれだけ凍てついていた気温が、暖かくなるのを感じた。

消えゆく世界の中で、マインは俺を見つめながら言う。その顔は晴れ晴れとしており、見ているこっちも元気が出てきそうになるほどだ。

「フェイト……だ……」

その先は最後までは聞き取れなかった。

第26話　エリスの魔眼

視界には地下都市グランドルが広がっていた。

俺たちは現実世界に戻ってきた。

目の前には角を生やしたマインの姿があった。

『フェイト！　マインの心は取り戻せたが、まだ憤怒スキルの影響下にある』

「ああ、マインを止める」

シンの進行状況も横目で見る。精神世界へ旅立ってからほとんど時間が経っていないようだ。

グリードの言っていた通りだな。

マイン自身にもう戦う理由はない。スキルによって無理やり戦わされているだけだ。動きが打って変わって、悪くなっている。

これなら、俺でもいける。

精神世界でやったように、暴食スキルの力で彼女を憤怒スキルから解き放つんだ。

身をよじって黒斧を躱す。そして、マインのがら空きとなった横腹に黒剣を斬り込む。

「グリード、調整を頼むぞ」

『任せろ。フェイト、楽にしてやれ』

ごめん、マイン。

横一閃が、きれいに決まる。

同時にマインの瞳に宿った怒りの色が緩んだのを感じた。

『でかした！』

手からも黒斧が滑り落ちていく。

俺を見る瞳が段々といつものマインに戻っていく。

「マイン！」

倒れ込む彼女を受け止めて、俺は心底安堵した。

こんな戦いは二度とゴメンだ。

腕の中で彼女の額に生えていた二本の角にヒビが入り出す。

「良かった。本当に良かった」

「……フェイト。私……」

「今は何も言わなくていいよ。ずっとマインに頼ってばかりだったんだからさ。これからは俺もマインに頼られるように頑張るよ」

「うん」

「だからさ……これからも、よろしく！」

マインは大きく目を見開いて、静かに頷いた。

二本の角には更に大きくヒビが入り、限界まで達したところで、粉々に砕け散った。

彼女は力をかなり消耗したようで、俺の腕の中で眠るように気を失ってしまった。

なんにせよ大罪スキルの力を引き出したのだ。暴食スキルと似たような疲労感が襲ってきたのだろう。

どこに寝かせたらいい？　今はまだ戦闘中だ。

『フェイト、あそこの建物の中へ』

グリードが言うところを見ると、亡者の一人がこっちに向けて手招きしていた。

「信用していいのか？」

『同じガリア人の好みってやつだ。それに亡者が俺たちに干渉する術はない。こいつにはこれで十分だ。お前が一番よく知っているはずだ。マインは強いってな』

マインを寝かせて、亡者にお礼を言う。

戦いの最中だというのにスヤスヤと眠りやがって、困った憤怒さんだ。

グリードの言うように、シンがマインに何かしようとしても、彼女なら問題もなく反撃するだろう。

眠っていても、いつでも戦えるようにしているのが、マインなのだ。

『よく勝てたものだぜ』

「あれは、勝ったとか言わないさ。それに元々勝ち負けじゃなかった」

『だな。しかし、勝ち負けをはっきりさせないといけないやつがいる』

「シンだな」

未だ銃声は鳴り響いている。エリスが頑張っている証拠だ。

シンが地上にあるハウゼンに住まう人々を生贄とする前に倒す。

「行ってくるよ、マイン」

マインを亡者に任せて、俺は建物を出た。

シンは先程より上昇している。

「グリード、準備はいいか？」

俺は黒剣から黒弓に変えながら言う。

『待ちくたびれたぜ。じゃあ、頂こうか』

「持っていけ、俺の10%を！」

イメージするんだ。ケイロスのようにもっと第一位階の奥義を使いこなすんだ。

精神世界で示してくれた手捌きや集中力を自分の中に落とし込んでいく。

禍々しく成長していく黒弓を片手に標的を見据える。

狙うはシンではない。彼が地上に出るために足場としている場所――赤く透明な幹に狙い澄ます。

エリスの銃弾をもってしても、吹き飛ばすことができなかった。なぜなら、穴が開いてもすぐに再生してしまうからだ。

あれをなぎ倒すには、再生を上回る火力をぶつけるしかない。

『この感覚は!?　フェイト……お前……まさか』

集中しろ。《ブラッディターミガン》の本来の威力を極限まで引き出すんだ。

視野に入る世界の魔力の流れに乗せて、黒き稲妻のような一撃を放つ。

「いっけぇぇぇっ！」

ケイロスのおかげだろうか。暴食スキルの戦い方を見せてもらったことで、俺の戦いに幅というか余裕が生まれてきた感じがする。

黒き一撃は、寸分違わず赤く透明な幹を吹き飛ばした。

「よしっ」

『一気に詰め寄るぞ』

崩れゆくそれの頂上にいるシンが、俺を見て苦々しい顔をした。

「暴食！　お前はなんで……いつもいつも僕から奪っていくんだ」

俺は黒弓から魔矢を連射して、シンに叩き込む。

エリスも好機と見て、攻撃を加速させる。

「くそっ、マインはやられたのか？　あの一瞬で何をした？」

「マインは初めからこんなことを望んでいなかった。彼女はお前の仲間じゃない。俺たちの仲間だ！」

間合いに入ったタイミングを見て、黒弓から黒鎌へと変える。

シンが壁のようにして召喚する赤い魔物たちを斬り裂く。

もし、これがスキルに起因するものなら、この刃の前には無力だ。それに今の俺なら、どんな強力なスキルでも押し負ける気がしない。

「くっ……ここまで来たのに、また邪魔をされてしまうのか。うまくいっていたのに……僕は彼女の願いを叶えたいだけなのに、また……邪魔をするのか！」

「邪魔をするさ。ハウゼンに住む人々は、決してお前のために生きてきたわけじゃない」

「僕はまだ負けていない」

赤い瞳で俺を見つめて、体の動きを封じようとする。

これは王都セイファートで受けたものと同じだ。

「なにっ」

あのときの俺なら、うまく動けなかっただろう。だけど、あれは俺にとって、遠い過去に思えることだ。

それくらいの瞳力で俺が止められるわけがない。

「また……か。こうするしかないのか……」

当然のようにシンが俺に背中を向けて、逃走を試みた。

「逃げるのか⁉」

「僕は永遠だ。チャンスなんていくらでもある。今は見逃してやる」

お前がそれを言うのか。

俺の前にまたしても赤い魔物が割って入ってきた。その数にきりがなくて、次々と湧いてくる。

しかし、シンが逃げる先にエリスが立っていた。

「色欲か……お前では僕を止められない。大罪スキルの中で最も弱いお前では無理だ」

脅しのつもりか、シンはエリスにそう言い放つ。

そのまま、手を鋭い刃に変えて、襲いかかった。

「丁度いい、お前だけでも暴食から奪ってやる」

だが、シンはそのまま動きを止めてしまった。

俺は赤い魔物を斬り払う。近づいたときの彼女の瞳が真っ赤に輝いていた。

何らかの魔眼を使用して、シンの動きを止めたらしい。

「フェイト、早く。長くは持たないよ」

エリスの目からゆっくりと血が零れ落ちていた。

無理をさせまいと思っておきながら、負担をかけてしまった。

これ以上は彼女に魔眼を使わせるわけにはいかない。

「グリード、俺の20%を持っていけ」

『決めてしまえ、フェイト!』

黒鎌は俺の力を吸って、成長していく。三枚刃の大鎌へと変貌を遂げた。

俺は渾身の力で《デッドリーインフェルノ》を動けなくなったシンに叩き込む。

「ガハッ」

シンの上半身と下半身は斬り分けられて地面に倒れ込んだ。下半身は奥義の力によって、崩れ落ちていく。

さすがは集合生命体だ。俺としては、この一撃でシンのすべてを喰らうつもりだった。頭の中に無機質な声が聞こえないのなら、この攻撃ではシンを倒せていないことを示している。

案の定、上半身だけになってもシンは生きていた。

それでもシンの力の大部分を奪うことに成功したようだ。

俺たちを追いかけていた赤い魔物が崩れ落ちて、跡形もなく消えてしまったからだ。

彼は地面を這いずってでも逃げようとしていた。

「また分体の目覚めを待つわけにはいかない。ここまで来たのに……ミクリヤ助けて。僕はまた失敗してしまう」

まるで子供が母親に助けを求めるかのようだった。

ミクリヤという名前は聞いたことがあった。精神世界でケイロスと親交があった研究者だ。

こんな姿を見せつけられると、黒鎌を握る手が鈍ってしまいそうだ。

『フェイト、やるんだ』

「君は優しい。だけど、これを生かしてはおけない。僕が代わりにとどめを刺してあげたいけど、その力はないから……残念だけど、君にお願いするしかない」

グリードとエリスに促されるように、シンの魔力の流れをしっかりと調べていく。

彼の核は頭にあるようだった。先程切り裂いたときは腹にあったのにな。

よく見ていくと核が体内で動いていることがわかった。だから、先程の《デッドリーインフェルノ》を受けて生きていたのか。

だが、そのからくりがわかってしまえば、容易い話だ。

「グリード、俺から20％を持っていけ」

『今度こそ、決めろよ。これ以上のステータス低下は危険だぞ』

二度目となる第二階位の奥義を発動させる。

力が抜ける感覚と共に、三枚刃の大鎌へ成長を果たす。

「くそぉ……」

シンの体内で核が逃げ惑うように動き回っていた。

それでも、これほど簡単なことはない。マインとの戦闘に比べれば、容易い。

「これで終わりだ！」

振り下ろした《デッドリーインフェルノ》。核に呪詛を送り込むことで、必ず相手に死を届ける奥義――。

キィィィーン、という金属同士がぶつかり合う音があたりに鳴り響いた。

《デッドリーインフェルノ》が止められてしまったのだ。

それをやってのけたのはシンではなく。俺にとって望まぬ人だった。

「フェイト、それはまずい。せっかくここまで来たんだ」

「父さん」

黒槍で俺の奥義を容易く受け止めてみせ、ニヤリと笑うとそのまま押し返してきた。

「どうやら、間に合ったようだな。こいつには、この黒槍をもらった借りがあるし。それ以上に、彼の地への扉はどうしても開いてもらわなければいけない」

「それくらいで、こいつの味方をするのか。なんで、父さん……」

睨み合っていると、エリスが倒れ込む音がした。

「エリスっ⁉」

「おっと、忘れていた。彼女には眠ってもらっている。魔眼を使われたら面倒だからな」

「父さんは何をしようとしているんだ？」

黒槍を向けながら、父さんは懐から真っ赤な石を取り出した。あれは王都の研究施設から奪った賢者の石だ。

あれはシンの分体でもある。

「俺の方でかなり育てさせてもらった。お前もこっちへ来るか？」

「それはもう僕じゃない。そっちに行ったら、僕ではなくなる。ただのあなたの道具だ」

「だとしても、少なくともお前の願いは叶う。なら、選ぶまでもないだろう」

しばらくしてシンは頷いた。

「フェイト、そういうことだ。悪いがこの戦いはここまでにしてもらおう」

「父さん……」

「そんな顔をするな。お前に言っておくが、ライブラは今回の一件が成功しようがしまいが変わらない。地上のハウゼンを含めて、この地下都市ごと消滅させる気だ」

「あいつは彼の地への扉が開くのを防げたら、ハウゼンには手を出さないと言った」

「だから、約束を守ると本当に思っているのか。あいつの目的はこの世界の均衡を崩す者の排除だ。つまり、今ここにライブラにとって都合の悪い者たちが一堂に集っている。この好機を逃す男ではない」

父さんは手を上げて、俺たちの頭上を指し示した。

「感じるだろ。この一帯を覆い尽くすような得体の知れない力を？」

意識を集中させて、地上を……更にはその上空まで魔力の探知を広げる。

「これは……なんてことだ」

「ほらな。あれはずっと俺たちの頭上で気配を消していた。そして、今動き出したってわけだ。さあ、どうする。ここで俺と戦って、時間を費やすか？　それとも地上へ戻り、迎え撃つか？」

「俺は……」

黒鎌から黒剣に変えて、父さんに剣先を向ける。

「やるか？　俺は構わない。お前の決めたことなら、最後まで付き合ってやる」

「それはいけません！」

睨み合う俺たちに割って入ってきたのは、ロキシーだった。

彼女は目を覚ましたスノウを連れて駆け寄ってくる。

「今はそのようなときではないです。スノウちゃんも同じように言っています。地上へ戻りましょう」

「だけど、それじゃあ……彼の地への扉が」

「上にはあなたの領民たちがいるのですよ。フェイ！」

ロキシーはスノウからハウゼンの危機を聞いて、居ても立ってもいられなくなり、俺のところへやってきたのだった。

このまま父さんと戦えば、おそらく消耗した俺では分が悪い。

どちらにせよ時間がかかり過ぎるだろう。その頃には上空に控えるあれによって、俺たちはハウゼンもろとも焼き払われている。

俺は黒剣を鞘に収めた。

「いい子だ。あと、ライネもここに来ている。お前に会いたがっていたぞ。この娘のことも任せておけ。悪いようにはしない。さあ、行け」

「フェイ！　早く」

くそっ、シンを倒せなかった。それどころか、彼の地への扉が開くことを許そうとしている。

地上へ駆け出す俺に向けて、ロキシーが元気づけてくれる。

「大丈夫です。だって、フェイは第一の目的を達成したではないですか？」

「マインのことか」

「はい、私はそのことが嬉しいです。扉が開いて何が起こるのかは私もわかりません。ですが、今ある生命を守ることよりも、大事なことはないです。それはフェイにしかできません。ですから、今はハウゼンを守ることに集中してください」

「ロキシー……そうだな。急ごう！」

「はい！」

俺たちはここまで来た道を逆走して駆け上がる。

時折、地震のような揺れが発生し始めている。一体、地上で何が起ころうとしているんだ。

第27話　スノウとロキシー

それによって水路の天井が崩壊してしまったのだ。

地下都市につながる古びた水路に上がったとき、またしても大きな地震が発生する。

「フェイ、危ない！」

この先に地上があるなら、逆に好都合だ。

黒剣から、黒盾に変える。

「ロキシー、俺のところへ」

「はい」

手を取って、彼女を引き寄せる。

降り注ぐ瓦礫の雨を黒盾で受け止めて、押し返す。

「崩落でできたあの穴を使って外に出るぞ」

「これくらい私も登れます」

「行こう！」

不安定な足場をうまくバランスを取りながら、陽の光が注ぐ出口に向けて、上へ上へと進んでいく。

スノウはずっと黙っており、ひたすら上空を見つめていた。

このような反応をする姿は何度か見たことがあった。それはライブラが関係しているときだ。

「スノウは上に着いたら、一人で避難できるか？」

「嫌！　戦う！　戦う！」

あの成長した姿のスノウなら戦力になりそうだ。しかし、ロキシーに抱きついているのは、幼女に戻ってしまった状態だ。

この幼さでは俺たちと連携を取るのは難しいように思える。

「私、ロキシーと戦う！」

そう言って、ロキシーにがっしりと抱きついた。

あれほど、距離を取られていたのに、この変わりようは!?

「なんだか、スノウちゃんを介抱していたら、好かれちゃいました」

「ロキシー好き！」

ロキシーはスノウと仲良くなろうと頑張っていたからな。段々と距離を縮めようとして、介抱が最後のひと押しになったようだ。

俺も喜びたい。だが、それはハウゼンに襲いかかろうとしている危機を乗り越えてからだ。

「わかったよ。なら、スノウはロキシーに力を貸してあげてくれ」

協力を求めると、スノウは目をキラキラさせて大はしゃぎだ。

「任せろ！　私は強い！」

「よろしくお願いしますね！」

「おう！」

スノウのほのぼのさ。張り詰めていた空気が緩んで、一時の心の安らぎを俺たちに与えてくれる。

地上の光が大きくなってきた。

駆け上がる俺たちは、勢いそのままに飛び出した。

ハウゼンの街は警報が鳴り響いていた。街の至るところで、黒煙が上がっている。

「フェイ、退避が遅れているようです」

「たしかに……メミルたちに念のためにお願いしていたけど……ハウゼンの人口を考えた

ら、あの短時間ではやっぱり無理があったか」

逃げ惑う人々に、都市で雇っている武人たちが誘導指示を出している。

しかし、予想だにしない出来事にパニックになっていた。

そのため、武人たちの言うことを聞く余裕が無いようだった。

そして時折、空を見ては悲鳴を上げていた。

俺たちも同じように空を見上げた時に、閃光が煌めいた。

続けて雷が落ちるような音が北側に轟く。爆風と共に黒煙が立ち昇る。

「空の彼方から……攻撃しているのか？」

肉眼でははっきりと見えないぞ。

見上げる俺にスノウが、袖を引っ張りながら言う。

「空の上から、光を落としている。今は遊んでいる」

「なんだ、空の上って？」

「すっごく、すっごく高いところ。空気が無くて息ができないところ！」

遊んでいて、空気がないほど高いところ？

誰か、至急翻訳を求む！

俺が首をひねっていると、ロキシーが指差して言う。

「見てください。上空の点を！」

「あれかっ！」

星ではない。何かがいる。

そう思った時、キラリとそれは光った。

途端に、俺たちと少し離れた場所に光柱が現れて、大きな爆発が起きた。

「ロキシー、スノウ！」

とっさに黒盾で防いだから良かったが、直撃だったら危なかった。

光柱が落ちた場所を見る。それにしても、運良く人がいなかったから良かったが……。

もし、これがスノウの言ったように遊んでいるのなら、本気で攻撃してきたらどうなってしまうんだ。

そんな俺にグリードが《読心》スキルを介して言ってくる。

『スノウが言っていることは正しい。まずいのは確かだ。あれは大気圏外にいる。とんでもない距離から攻撃を加えていると言っていい。あの距離では黒弓は届かない。《ブラッディターミガン》でも同じだろうさ』

俺はグリードに言われてもう一度空を見上げた。

星のような点が煌めいていた。

『それにスノウが遊んでいると言ったが、これはやつからこぼれ落ちた力の一端に過ぎない。つまり攻撃を放つために力を溜めているんだよ』

それって……打つ手無しということか。

彼の地への扉を止めることを諦めて、ここまできてそれはないだろ。

地上にはセトやメミル、地下にはマイン、エリス、ライネがいるんだぞ。

頭を抱える俺にスノウが言う。

「空を飛べばいい！」

手を羽ばたかせてみせた。おいおい、俺たちは鳥じゃないんだぞ。

スノウは本気で言っているようだった。そして、じっとロキシーを見つめて口を開く。

発した口調は大人びており、いつものスノウとは違っていた。

「ロキシー・ハート、あなたに覚悟があるのなら、私と契約を交わしますか？」

これにはロキシーも驚いたようだった。俺だってそうだ。

もしかしたら、本来の彼女を取り戻しつつあるのかもしれない。それが表に出てきたということか。

少なくともスノウの言葉は本気で言っているように見えた。

「覚悟と契約……」

「私の眷属になるということです。失敗すれば、ダークネスと呼ばれる生き物に成り果てます。成功すれば、あなたはEの領域に踏み込み、新たな力を得られる」

　ロキシーの目が大きく見開かれた。彼女はずっとEの領域を求めていたからだ。

「私は……」

　彼女は俺をちらりと見た。そして、首を縦に振った。

「お願いします。私と契約してください」

「ロキシー！　まだ……」

「ううん、今決めないと。だって、もう時間が無いです」

「よろしい。では、私に近づいて」

「はい」

　光柱が降り注ぐ中で、スノウは跪くロキシーの額に口づけをした。

　スノウの体は光の粒子となってロキシーに流れ込んでしまった。

「うっ……」

　途端にロキシーの体が淡い赤色の光に包まれた。

　何かが体の中を蠢いているのか。そう感じさせるように彼女は両手で自分の体を抱きしめていた。

「ロキシーっ！」

俺が声をかけたその時、彼女の背中から白い翼が現れた。

その数は一、二、三、四。全部で四枚の翼だ。

更に彼女の頭の上に黄金色の輪が浮いていた。ロキシーの金髪――その下のほうが、スノウの髪色と混ざっていた。

この姿は……おとぎ話に登場する天使に他ならない。

神々(こうごう)しい変わりように息を呑んでしまうほどだった。こんな時に見惚れている場合じゃない。

「だ、大丈夫なのか？」

俺の声にロキシーはゆっくりと顔を上げた。そしてニッコリと笑顔を返してくれる。

「問題ありません。ですが、まさか翼が生えるとは……おかしくありませんか？」

「すごく綺麗だと思う」

「なら、良しです！」

嬉しそうなロキシー。いいんだろうか、こんなにすんなり受け入れて……。

彼女は元々、前向きな人だ。それは俺がよく知っている。

俺としてはあれだけロキシーのEの領域について悩んだ。それなのに、こうもすんなり

と踏み込んでしまうとは……やっぱりロキシーには敵わないな。

『取り越し苦労だったな。苦労人のフェイト君』

「お前な……」

『だがな、このタイミングでスノウ――聖獣人の力を借りられたことは大きいぞ。それに聖騎士は聖獣人たちの因子を持っているのだ。適応率は非常に高い』

「それを早く言え！」

『たまにはフェイトがハラハラするところを見たかったからな』

大笑いのグリード。まあ、そうだろうな。

もし、ロキシーに大きなリスクがあるなら、グリードが教えてくれないわけがない。

スノウだって同じだろう。あんな言い方をしたけど、わかっていたはずだ。

彼女は覚悟と言っていた。ロキシーにそれがあるのかを見極めたかったのだろう。

第28話　失いたくないもの

ロキシーの姿を改めて見る。

聖獣人の眷属になるとは、ここまで美しいものなのか……。滅びの砂漠で戦ったダークネスとは方向性が真逆である。

ロキシーも自分の変化に初めのうちは戸惑っていた。

しかし、すぐに翼を動かしてみせる。

「フェイ、ほら飛べそうです」

「おおおっ！　すごい！」

かっこ良すぎる。

彼女は宙を舞いながら、首を傾げた。

「この姿はなんていうものなのでしょうか？」

『ヴァルキリーだ。聖騎士が、聖獣人と契約して同化したときをいう。戦い方も大きく変わってくるぞ。まさか……過去に敵だったヴァルキリーが味方として現れるとはな』

グリードが言うに、大罪スキル保持者と聖獣人は敵対関係だった。

しかし長い時が流れると共に、その関係性も崩れていった。過去にケイロスたちが手を焼いたヴァルキリーの力を、スノウの協力によって得ることができたのだ。

俺は手早くグリードから教わったことをロキシーに伝えた。

すぐに理解した彼女は軽く練習をした後、

「フェイ、こちらへ」

彼女は俺に手招きをしてきた。

「これって、もしかして」

「ええ、それしかないですよね」

近づいた俺の両脇に手を回すと、力一杯に翼を羽ばたかせた。

俺を持ち上げた状態で、苦もなく浮上してみせた。

『これは翼で飛ぶというより、魔力で飛ぶといった方が正しい。翼はそれを叶える器官だと思った方がわかりやすい』

「天竜があの巨体で空を飛べていた理由と同じなのか？」

『そういうことだ』

なるほどな、勉強になるな。グリードの薀蓄に耳を傾けていると、上昇するスピードが上がっていく。

「ロキシーっ！」

「かなり慣れてきました。私は幼いときに、自由に空を飛んでみたいなんて……思っていた時期があったんです。この青空を鳥のように思いのまま飛べたら、気持ちいいんだろうなって憧れていたんです。夢が叶ってしまいました」

「ロキシーは強いな」

過去に俺はガリアの地で、暴食スキルに侵されて化け物に変わってしまうことを恐れていた。

「リスクを知った上で、簡単にはできることじゃないよ。それをハウゼンの人々の状況を見かねて、迷うことなく踏み込んだ。俺にはとてもそれほどの思い切りは……」

「いいえ。私はフェイを見習っただけですよ」

更に高度を上げていくロキシー。実に楽しそうだ。

「誰かさんは無茶ばかりするんだから、側にいないとヒヤヒヤしてしまいます。それにもう置いていかれるのは嫌なんです！」

「ロキシー……」

「私だって、フェイの力になりたいんです……足手まといは、もうゴメンです!!」

翼の勢いは留まるところを知らない。どんどん加速していく。

だが、このままグリードが言う大気圏外にいけるのか？

一抹の不安を残して俺たちは天へと駆け上がる。

「見えてきました」

「でかい。なんていう大きさだ」

まだまだ距離はあるが、遠近の関係を考慮してもハウゼンの都市くらいはありそうだ。

あれでは空中要塞といっても過言ではない。

全貌が明らかになってきたことで、グリードが唸り声を上げた。

『まさかと思っていたが、聖獣ゾディアック・アクエリアスか!? まだ沈むことなく、こんなところにいたのか』

「あれは生き物なのか？」

『もちろんだ。スノウと同じ元は聖獣人だ。今は変容しているが……あれほど形を変えてしまえば、元の姿に戻れないだろうがな。まともな思考が残っているかも怪しい。おもしれえものを出してきたじゃないか……ライブラのやつはよ』

聖獣ゾディアック・アクエリアスは大気圏外の太陽光を集めて、照射できる力があるという。大昔の人々はその攻撃をインドラの矢と呼んだそうだ。

もっと知りたいと思って鑑定スキルで調べようとしたが、グリードに止められた。

『バカ野郎！　正面から鑑定するやつがあるか。鑑定つぶしをされて失明するのが落ちだ。それよりも、攻撃の充填が済みそうだ』

なんだって、まだ距離があり過ぎる。

この黒盾で……第三位階の奥義である《リフレクションフォートレス》で防ぐしかないか⁉

俺の動きを察したロキシーが首を横に振る。

「なりません。フェイが扱う奥義は、ステータスを著しく消耗します。ここで使っては、あの聖獣を止めるすべを失ってしまいます」

「なら、どうやってあれを防ぐ？」

「私がやります！」

任せてくださいと堂々たるものだった。身の内に宿るスノウから、問題無いというお墨付きをもらっているらしい。

「スノウちゃんも、張り切っています！　ですから、フェイはその先に集中してください」

「わかった」

煌めく閃光！

大気圏外から放たれた膨大な光の束。浴びた者すべてを光の世界にいざなって、跡形もなく蒸発させる。

ロキシーは臆することなく、真っ直ぐ聖獣へ進んでいく。

もし躱してしまえば、ハウゼンやその下の地下都市は消失してしまう。

「しっかりと掴まっていてくださいね」

光の束に包まれようとしたとき、ロキシーを中心に円形状の見えない壁が展開された。

光を捻じ曲げて、拡散させていく。

そして、キラキラと煌めく光の粒子となって次々と彼方へ消失する。

「もしかして、これって聖なる加護というものか⁉」

「ええ、スノウちゃんがそう言っています」

聖獣ゾディアック・スコーピオンが使ったものと同じだ。それどころか、より強固な加護となっている。

『これぞ、神の守護盾と呼ばれるだけはあるな』

ロキシーは閃光を耐え抜いた。再度、同じ攻撃が可能になるまで、かなり時間を要するはずだ。

「もっと近づきます。ですが空気がかなり薄くなってきました。聖なる加護によって少しは耐えられますが、聖獣がいる大気圏外までは届きそうにないです」

「十分だ。グリード、ここからなら狙えるよな」

『笑止、俺様を誰だと思っている。やるぞ、今度こそ《ブラッディターミガン》だ』

それだけでは足りない。相手は聖獣だ。

クロッシングをした上で、さらなる高みを目指す。

「グリード、クロッシングだ」

『おう！』

「更に、俺のステータスの80％を持っていけ！」

まだいくぞ！

暴食スキルの変遷によって、禍々しく変貌した黒弓を強化していく。

放つは、《ブラッディターミガン・クロス》！

王都で放ったときは、一人だった。しかし、今はクロッシングで、グリードと二人だ。

奥義の完成度は未だかつてないものとなった。

「いけぇぇぇぇぇっ！」

二つの黒き稲妻は螺旋回転をしながら、聖獣へと進んでいく。

渾身の一撃は、見事に聖獣の中心の核らしきところをぶち抜いた。

「やりましたね」

喜ぶロキシーは翼を大きく広げて嬉しさを表現していた。

大きく傾いた聖獣は煙を上げながら、ゆっくりと落下を始めていた。

俺も初めは喜んでいた。だが、あれほど巨大な聖獣が地上に落ちたらどうなってしまうだろうか……不安がよぎった。

「グリード、このまま落下すると……まさか」

『いい勘をしているぜ。戦いなれてきたな、フェイト』

どう見ても聖獣は俺たちがやってきた軌道に沿って落ちていく。

嘘だろ。嘘だと言ってくれよ。

もう、あれで力のかなりの部分を出し切っている。俺に残っているステータスはEの領域ギリギリだ。

つまり、グリードに力を捧げてしまうと、Eの領域を維持できない。それは、聖獣に攻撃が通らないことを意味する。

俺はロキシーを見る。悔しそうな顔をしていた。

彼女も俺と似たような状態なのだ。巨大な閃光をたった一人だけで防いだ。それによって、力のほとんどを消費していたのだ。

『ライブラのやつはここまで読んでいたってわけか』

「くそっ、みんなが！　このままじゃ、みんなが」

聖獣は速度を増して、空気の摩擦で炎を上げながら、落下する。その姿は、巨大な隕石のように見える。

あれが地上に衝突したら、広範囲の地面はめくり上がり、底の見えないクレーターが出来上がるだろう。

『せっかくな、ここまで来たってのに、俺様はこんな終わり方は気に入らねぇな！』

「グリード⁉」

『ルナも最後は自分の信念を貫き通したっていうのにさ。俺様は……俺様はいつも見ているだけ。つまらねぇな……なぁ、そう思うだろ……ケイロス』

黒弓が光りだして、形を変えていく。

『フェイト、俺様の勝手で……すまないな。俺様だって、これ以上は見てられない。黙ってはいられない！』

「何をしようとしているんだ！」

すごく嫌な予感がする。やめてくれと言う前に、新たな形となったグリードが現れた。

『第五階位だ。タイプは双籠手。黒糸を計十本操ることができる。これからは、いかなるものも逃げられない』

説明はいいんだ。何が起こった。何をしたのかを教えてくれよ。

おかしいじゃないか⁉　だって、新たな姿の解放は俺のステータスを生贄に捧げないといけないはずだ。

それなのに……俺には何の代償も無い。それなら、その代償は誰が払ったんだ⁉

「グリード……お前、もしかして」

『さあ、行くぞ。フェイト。あの下にはお前の大事な人たちがいるんだろ。なら、考えるまでもない。やることはもう決まっているはずだ。使え、俺様を！』

「俺にはいつも無茶をするなって言うくせに……お前こそ、大馬鹿野郎だよっ！」

連続クロッシング。普段なら精神が持たずにへばってしまう。

だけど、こんなことをされてしまったら、応えないわけにいかないだろ！

「ロキシー、聖獣のところへ。俺たちを連れて行ってくれ」

「……はい」

彼女はそれ以上は何も言わなかった。いや言えなかったのかもしれない。

火の玉と化した聖獣ゾディアック・アクエリアスの近くへ追いついたところで、ロキシーが俺を掴んでいた手を離した。

「ご武運を」

離れていくロキシーを感じながら、黒籠手となったグリードを見る。

「いくぞ」

聖獣の燃え盛る炎など、俺の炎耐性スキルで無効化だ。

黒籠手から十本の黒糸を放出したときに、体をグリードに乗っ取られてしまった。

「悪いな、フェイト。俺様からせめてもの贈り物だと思ってくれ」

黒糸は、あれほど巨大な聖獣を繭のように包み込んでいく。

そして、俺のものとは思えないほどの魔力が込められた。

途端に軋むような音が駆け抜ける。黒糸で締め上げているのだ。

「まだ、足りないか。いいだろう、準備は整った」

黒籠手が変貌していく。これはもしかして第五階位の奥義か⁉

それなら、ここにもステータスの贄が必要だ。しかも、第五階位となれば、より大量のステータスが必要になってくるはずだ。

その代償も俺が払っているわけじゃない。もう決まっている、グリードしかいないんだ。

「フェイト、よく見ておけ。そして、この感覚をよく覚えておけ」

グリードに乗っ取られているため、声は出せない。だけど、この気持ちは彼に届いてるようだった。

「気にするな。俺様は武器だ。フェイトたちとは違う。悲しむことはない。そんな俺様でも……守りたいものが、できてしまっただけだ」

グリードは心の底から嬉しそうだった。

そして、彼は第五階位――奥義《ディメンションデストラクション》を発動させた。

煌めき出した黒糸は空間すらも切り刻む。その絶対両断の力を得て、聖獣を塵芥にまでしてしまった。

その塵も空気の摩擦によって、燃え尽きていく。

頭の中へ無機質な声が聞こえて、戦いの終わりを教えてくれた。

俺は、ひたすら落下していた。

クロッシングなんて、とっくに切れている。

「フェイ！　手をっ！」

ロキシーが慌てた様子で接近してきて、俺の手を掴む。

聖獣からハウゼンを守ることはできた。しかし……俺は……。

黒籠手から黒剣に戻ってしまったグリードを握りしめる。

「何っ⁉　あれは一体何が起こっているのですか？」

ものすごい地響きの音がした。

地平線に近い場所で大陸が隆起しているのだ。時間の経過と共にそれは間違いだったと気が付かされる。

隆起ではない。大陸が浮上しているのだ。

「方角から見て、ガリア大陸ですよね？」

ロキシーの言葉に静かに俺は頷いた。もしかしたら、父さんが彼の地への扉を開いてしまったのかもしれない。

それによって、ガリア大陸が浮上しているのだ。世界のバランスがとうとう大きく崩れ始めたのだ。

沈みゆく夕日に照らされた浮遊大陸を二人で眺めることしかできなかった。

「なあ、グリード。これからどうしたらいいんだ」

いつもの説明好きで、お節介な相棒は答えることがない。

「第五階位を解放したら、みんなとおしゃべりするんだろ。何か言ってくれよ……頼むからさ……グリード」

「フェイ……」

ロキシーが俺を抱きしめてきた。それがきっかけとなって、感情が溢れてしまった。

地上には俺たちへ向けて、手を振る大事な仲間たちが見える。

「グリード……帰ってきてくれよ」

この日、俺は大事な……大事な相棒を失った。

エピローグ　マインの笑顔

　ここは地下都市グランドル。そこにはたくさんの建物が建ち並び、私はその一つで目を覚ました。痛たた……横腹が痛い。

　たぶん、フェイトから私の体を鎮めるために一撃をもらったようだ。

　近くには亡者が一人だけ側にいて、私を見守っていた。

　もしかして、知り合いかもしれないと思って、顔をよく見ようとしたけど、はっきりとは見えなかった。

　亡者は何もかも曖昧な存在だ。見えないのも当たり前だ。

　もし、彼の地への扉を開くことができたなら、彼らの意志にかかわらず、生き返っていた。そうなれば、この亡者も知ることができただろう。

　でも、それはもう私の望みではなくなってしまった。

「負けちゃった……」

改めて口に出して言ってみる。心の拠り所だった目的を、フェイトにすべて真っ白にされてしまった。

これからどうしていいのか……わからなくなって怖くなる。

それは懐かしい感情でもあった。そのことに、気が付いて自分でもびっくりしてしまう。

ずっとずっと、どこかに置き去りにして忘れていた気持ち。

一人で武人として生きていくことを選んだはずなのに……。

私は一人でいることに、怖くなってしまっていた。

「フェイトのせいだ」

これからもよろしく！　なんて言っておいて、すぐに私をここに置いて、どこかに行ってしまっていた。

しばらく膝を抱えていると、時折建物が大きく揺れるのを感じた。

「地震？」

建物から出て、地下都市グランドルの天井を見上げる。パラパラと岩肌が崩れているようだった。

まだ地上で戦いが続いている？

そう思ったとき、手元に黒斧――スロースがないことに今更ながら気が付く。

あれほど手の届く場所に必ず置いていたはずなのに。

いつもなら、スロースの気配を探って、どこにあるのかなんてすぐにわかってしまうはずなのに。

今はもうどこにあるのか……わからない。

困り果てていると、先程の亡者が手招きをしてくる。

「何？」

後を付いていくと、少しだけ開けた場所で黒斧が地面に食い込んでいた。

「おおっ、スロース！」

拾い上げた彼女は未だ寝ていた。

いつもなら寝る子は育つということで、気にしていない。

それでも、今回は寝ちゃうのはダメ。

「コラッ、寝るな！」

私が大変なことになっていたのに、寝るとは何事か⁉

また憤怒スキルが暴走してもいいのか⁉

コンコンと小突いてやる。

しばらくして、やっと欠伸をしながらスロースが目を覚ました。

『ふぁ〜、おはよう。マイン』

気の抜けそうなのんきな声。彼女はまだ眠たそう。

『そう怒らない。もういいの？』

「うん」

『なら、よかった』

スロースは私にあれこれ聞くこともなかった。

「聞かないの？」

『長い長い付き合いだから、顔を見ればよくわかる』

どのような顔をしているだろうか？

それを聞いてみると、スロースは優しく教えてくれた。

『すごく嬉しそう。とてもいいことがあったみたい。でしょ？』

「うん」

『こんなスッキリ顔のマインは久しぶり』

スロースは喜んでくれていた。私も嬉しくなってしまうほどに。

「そうだ」

ここまで案内してくれた亡者にお礼を言おう。そう思って振り返ると、亡者はその場から消えていた。

『どうしたの？』

「いや……何でもない」

これも亡者の気まぐれのようなものかも。

地震は終わることなく今も続いている。フェイトの気配は地下都市には無い。

『上にいるの？』

「なら、行くしかない」

ここには、良からぬ気配も感じる。でも今はフェイトの力になりたい。

私は頷いて、地上を目指す。

ハウゼンには食料調達で出入りしているので、近道も知っている。

正規ルートでは、聖獣人の認証を要求される門を通らないといけない。

フェイトたちが、ここまであそこを通って来たのだとしたら、今は開いているかもしれない。

でも、不確定なルートよりも他にもっと良いところがある。

長い年月をかけ、大地に染み込んだ水によって削られた道。

自然が作ったものだから、狭くて大人が歩くには不向き。

幸い私は小柄だから、問題ない。

「問題はスロース。大き過ぎる」

『それはしかたないでしょ！』

「なら、道を大きくする」

『言うと思った』

黒斧を一振りして、道を大きくしてやる。これでスロースでも通れるようになる。

「近道はいい」

『今回の一件で少しは大人しくなるかと思ったけど、無理だったみたい』

「……これは急ぐため！」

『はいはい』

そこはハウゼンから少しだけ離れた場所だった。大岩の隙間から這い出して、ハウゼンに起こっていることを確認する。

都市に光の柱が降り注いでいた。この光景には見覚えがあった。

「空から攻撃を受けている」

『あの光の柱は……まさかインドラの矢を放とうとしている⁉』

「聖獣ゾディアック・アクエリアス……」

『間違いなさそう。あれは私たちでは、いる位置が高過ぎて何もできない』

私たちは接近戦がメインだ。

翼でもあれば、あれに近づいて戦えるけど。

『マインは飛べない』

「わかっている……あれはっ」

『かなり遠いけど、かなり大きな魔力が二つ、聖獣へ向かって上昇している』

「フェイト……」

『みたいね。もう一人は……感じたことのないものね』

見上げる空――光の柱が降り注ぐ空は黄金色に輝いていた。

彼は一直線にその光の中心へと進んでいく。

なんだか……これからなそうとしてくれているのをただ見ているだけで……すごく置いていかれてしまった気分になる。

それに、彼と一緒にいる人がすごく気になってしまう。

今まではそんなに気にならなかったのに……このような気持ちは初めてだった。

『もしかして、嫉妬している？』

「そ、そんなわけがない」

『わかりやすい子』

「だから、違う！」

『はいはい』

むうっ……。

感じの悪いスロースだ。いつもなら、そんなことを言わないのに！

『私はね。嬉しいんだと思う。マインがそういう気持ちを取り戻してくれてね』

「それにそれ？」

『戦いばかりだったからね。今はまだ実感してないみたいだけど』

「まだ？」

『そうね。わからなくなったら、私が相談にのってあげる。睡眠中以外でね』

普段ぐぅぐぅと寝ているくせに、生き生きしているスロース。

下手をしたら戦いの最中ですら寝ているのに……。

『私はこういった話は大好きなの。くぅぅぅっ、ノッてきたわ。早く、早く！』

「スロース、静かに！」

フェイトはまだ戦っている。彼の側に行きたいけど、その方法は私にない。

ただ見守るしかない。

「フェイト……」

上空にいる彼の魔力が一段と上がったのを感じた。

おそらく、位階系の奥義を使うのだろう。

『彼は決めるつもりね。あの聖獣は神の天空砲台とも呼ばれているから、動きはとても鈍い。問題は大気圏外にいること。攻撃範囲内に近づけて、あれだけの力をぶつけられればば』

「倒せるかもしれない」

期待で見守る私は、胸が高鳴るのを感じていた。

フェイトはいつだって、私の予想以上の戦いを見せてくれた。初めて出会ったのは王都から北にある辺境の地だった。

私はたまたま彼の地への扉の手がかりを探すために、その地へ赴いていた。

そこで聖騎士の領地へ侵攻する冠魔物コボルト・アサルトたちを見つけた。なかなかの賞金が得られそうな魔物だ。倒して、領主にお金を請求できる可能性は高い。

しかし、私はフェイトの存在にも気付いてしまった。大罪スキル保持者は同類の存在を感じられるのだ。それは互いに、引き合うためと言われる。

私は冠魔物より彼を選んだ。

遠くから歩いてくるフェイトは、武人と言うには、ひ弱さを感じる男だった。

明らかに優しそうな雰囲気で、戦いに向いているように思えなかった。

そんな彼は私を見て、何かを感じ取ったようだった。やはり大罪スキル保持者だ。近づいて、はっきりとわかる。

彼は大罪スキルの中でも、最も強力な暴食の使い手だ。

そのためか、過去の暴食スキル保持者と比べている私がいた。前にいるこの男は、前の保持者とは違い過ぎる。

だから、私はフェイトを試したくなった。本当に暴食スキルに選ばれるだけの資質があるのかと。

そして、冠魔物に彼を仕向けるように言って、遠くから様子を見ることにした。

フェイトはたった一人で戦い、見事に冠魔物を倒してみせた。

私からすれば、動きは素人で褒められたものではなかった。

だけど、決して諦めることはなかった。

その後も、彼は戦いに迷いながらも、逃げ出すということはなかった。

そんなフェイトだったからこそ、私はハニエルとの戦いに協力してもらうことにした。

彼は、突然現れた私の依頼に文句を言わずに、付き合ってくれた。

私は知っていた、フェイトが王都を旅立った理由を。彼には最も優先するべきことがあった。

でも、フェイトは私のために危険なガリアの中に入ってまでも付いてきてくれた。そしてハニエルとの戦いで、未熟であるにもかかわらず、暴食スキルの半分を引き出すことまでしてみせた。

無茶をする人だと思った。と同時に、暴食スキル保持者はそういうものかもしれないとも思った。

しかも、その力を自分のためではなく、誰かのために使うところもそっくりだ。

天竜と戦ったときもそうだった。フェイトは変わらなかった。

今もそうだ。

「私のことでかなり消耗しているはず」

『彼はやるわ』

「うん」

彼が放った奥義——黒き稲妻の螺旋による光が見えた。

途端に聖獣の力が大きく弱まった。そしてフェイトの力も。

「決められなかった」

『まずいわ。マイン、ここから退避しないと』

聖獣が高度を下げて、ハウゼンへ落ちようとしていた。

「大丈夫」

まだ、フェイトは諦めていない。

ここで諦めてしまうのなら、彼はここまでやってくるはずがない。

「フェイトを信じている」

『そうね……』

都市のように大きな聖獣が、雲を突き破って姿を現す。

あれがハウゼンに衝突すれば、とてつもない衝撃波が一帯を襲うはず。

それは避難している人、逃げ遅れた人、地下都市にいる人、そして私をも消し飛ばしてしまう。

あれを見上げた人は皆、死を感じるだろう。

絶対のピンチが落ちてくる。

それを感じながら、私の心は穏やかだった。これほど、落ち着いた気持ちで戦いの行方を見守られるとは思ってもみなかった。

「この力は……」

『グリードの第五階位……《ディメンションデストラクション》』

黒糸が聖獣を繭のように包み込んでいく。そして輝きを放ち、巨大な聖獣を塵芥にまで変えてしまった。

『やってくれるわ。さすが暴食スキル保持者、といったところね』

「うん」

彼に私の力はもう不要だ。

フェイトはもう立派な武人となってしまった。

「いつの間にか、追い越された」

『なら、どうする？』

「決まっている」

フェイトのところへ急ごう。

私は、地上へ向けて降りてくる彼の魔力を頼りに駆け出した。

どうしようもなく彼に早く会いたくなってしまったから。

ハウゼンに着く前に、また大きな地震があった。

聖獣のときとは比べ物にならないくらいの揺れだ。

『マイン、あれを』

「ガリア大陸が……」

地平線の向こうから、せり出して浮上していくガリア大陸が見えた。

『これはもしかして……』

「今はフェイトのところへ急ぐ」

彼の地への扉のことが頭をよぎった。

それでも今は彼に会うべきだ。私が気を失ってから、何があったのかを一番知っているのはフェイトだ。

私は首を振って、ハウゼンの街に飛び込んだ。

そこでは領民たちが一様に空を見上げていた。大きな歓声も上がる。

天使の姿をした女性に連れられて降りてくるフェイトの姿は、私から見ても神々しかった。

領民たちにも、同じように神聖な者に見えたはずだ。

ハウゼンを襲った異常な状況から解放してくれた、救世主かもしれない。

現にフェイトはハウゼンを復興するために、たくさんの行き場のない者たちを招き入れている。そのため、領民たちが口々に彼を讃えていた。

そして、今回の一件が相まって、フェイトに対する人気がより高まったみたい。

『どうしたの？　手を振らないの？』

「できない……私にその資格は無い」

ここまで来たのに、私はまた怖くなってしまった。

だって、今回の原因を作ってしまったのは私なのだ。シンの誘惑に負けて、フェイトから離れていったのに……。

また、こうして平気な顔をして会っていいのか……。

「わからない」

『彼は、これからもよろしくって言ったんでしょ。なら、もう彼の気持ちはハッキリしていると思うけど。さあ、ほら』

スロースに促されるまま、空にいるフェイトに向けて手を振った。

顔が熱くなり、少しだけ。

これほど人が多いのだ。気付かれるはずはない。

そう思っていた。

でも、彼は私を見つけると、笑顔になってこっちに向けて手を振り返してくれた。

『よかったわね』

「うん！」

嬉しくなって、また手を振ってみる。

すると、スロースに笑われてしまった。

「むっ」

『調子に乗り過ぎ』

「そんなことない」

フェイトは領民たちの声援に応えながら、終始笑顔で振る舞っていた。

でも時折、悲しそうな雰囲気が見え隠れしていた。

彼を連れている天使も、理由を知っているようで心配そうに彼を気遣っていた。

領民たちの声援にしっかりと応えたと思った天使は降り立つことなく、フェイトを連れてお城へ飛び去ってしまった。

『マイン、追わないと』

「うん」

私は急いで彼を追いかけた。

路地は人々で溢れ返り、とても進めるものではない。

こうなったら！

私は高く飛び上がり、建物の屋根に着地をする。

それを近くで見ていた子供たちが声を上げていた。

『マインは昔から小さな子には人気があるわね』

「同じって言いたい？」

『まあね。背格好は同じくらいだし』

「むっ、私は子供じゃない。大人！」

『ふ～ん、そうなんだ』

「怒るよ」

『それはダメ！　ごめんなさい』

「わかればいい」

フェイトだって、私を子供とは見ていないはず。

だって、滅びの砂漠で宿泊施設に泊まったときのことだ。私の裸を見た彼は顔を赤くして狼狽えていた。

私はそんなフェイトの反応が面白くて、からかってしまった。

建物の屋根伝いにお城へ向かう。

お城の中へ入ったときには、フェイトがぐったり眠っている姿が目に入った。

彼に近づいていくと、側にいた天使が話しかけてきた。

「あなたは……もしかして、マインさん？」

「うん」

「やっぱり。フェイから聞いていた通りですね。大きな黒斧とその姿。実は私、あなたを領地で見たことが一度だけあるんです。その時は後ろ姿だけでしたけど。私はロキシー・ハートといいます。今はスノウちゃんの力を借りてこのような姿をしていますけど、王都に仕える聖騎士です」

ロキシー⁉

彼女が、そうなのか。この人がロキシーか……。

フェイトが彼女のために、単身でガリアまで旅をするきっかけとなった人。

なるほど……大人びており彼が好きそうな人のように思えた。

それにしても、フェイと呼んでいるのが気になる。

ロキシーは気を失ったフェイトを、メミルというメイドに預けていた。

「ロキシー様、そのお姿は⁉」

「スノウちゃんの力を借りてですね……」

ロキシーはメミルに私と同じ説明をしていて大変そうだ。

その最中、彼女の体が光り出す。

まばゆい光が収まったところで、彼女の翼や天使の輪が無くなっていた。

そこには人の姿に戻ったロキシー。そして、赤い髪をした幼女がいた。

「ふぅ〜、私、頑張った！」

「スノウちゃん！」

むむっ……これが噂のスノウ。ロキシーに力を与えた存在。

見据えているとスロースが小声で教えてくれる。

「彼女は見た目が変わっているけど、聖獣人よ」

「聖獣人⁉」

あの姿にどこか見覚えがあった。ロキシーは聖獣人の力を借りていたのか。

聖獣人がこちら側……大罪スキル保持者の協力をしてくれるとは……昔なら考えられない。

「彼らも以前のように一枚岩ではないみたい」

「うん」

スノウを見ていると、幼い言動が多くて判断に迷う部分があった。

でも、聖獣ゾディアック・アクエリアスを倒すために、フェイトと共に戦ったのは紛れもない真実だ。

スノウは気を失っているフェイトを心配そうに見ていた。

なら、私としてはフェイトが信頼している彼女を信じることにしよう。

メミルがフェイトを連れて奥へと消えていく。スノウはそれを追って走っていってしまった。

残されたのは私とロキシー。

彼女は見回しながら、私に聞いてくる。

「エリス様は、見かけなかったですか？」

「……知らない」

「なら、もしかしてまだ地下にいるのかもしれませんね」

彼女はそう言って歩き出そうとしたが、

「この魔力は……」

私もロキシーと同じように感じていた。この城に近づいてくる魔力を。

これはよく覚えている。間違いなく色欲のものだ。

「ここで待ったほうがいい。それにもう一人誰かを連れている」

「あなたがそう言うなら……あのマインさん」

「何？」

「その……フェイと戦ったんですよね。私はその時は一緒にいませんでしたから」

「うん、戦った。そして負けた。でも、それで良かったと思っている。それにフェイトは約束してくれた」

私の言葉にロキシーは狼狽えるような仕草を見せた。

そして、恐る恐る聞いてくる。

「ど、どのようなことですか？」

「それは秘密」

ロキシーはがっかりしていた。よほど知りたかったのだろう。

言ってしまえば、大したことないと思われてしまうかもしれない。

でも私にとっては大切にしたいことだった。

だから、誰彼構わずに吹聴（ふいちょう）するつもりはない。

「そ、そうですか……。個人的なことを聞いてすみません」

彼女は肩を落としていた。でも、すぐに笑顔を見せて私に言う。

「ともあれ、休みましょう。エリス様も、もう少ししたらここに来られるでしょうし」

応接室に案内されて、しばらく待つことにした。

エリスは口うるさい。戻ってきたら、あれやこれやと言ってくることだろう。あまりうるさいようだったら、黒斧で叩いてやろう。

しばらくすると、ロキシーの言った通りエリスが現れた。

少しだけボロボロになっているが、大きなダメージは受けていないようだった。

彼女の横には見なれない女性が立っていた。眠たげな顔しており、白衣を着ているので、何かの研究者に見えた。

ロキシーは彼女の帰還に喜んでいた。名前はライネといい、フェイトの父親によって誘拐されていたみたいだ。

どうやらシンとフェイトの父親は、どこかで繋がりを持っていたそうだ。

エリスは私にそのことを問いただしてきた。

だけど、私はシンの暗躍について関わりを持っていない。ただシンを追ってここまで来て、彼の地への扉を開くために待っていた。

シンはフェイトの障害として私を用意したに過ぎない。それがわかっていても、あのときの私は彼の地への扉を開きたかった。

そのことをエリスに話すと、心底がっかりした表情をしていた。そして、フェイトのところを去ったことについても叱責されてしまった。

ロキシーがそのくらいにしてほしいと止めに入ってくれたところで解放された。

わかっていたけど、疲れた。

話は彼の地への扉が、フェイトの父親によって開かれてしまったことに移っていた。

主にライネが中心となって、話し合いを進めていた。

初めのうちは聞いていた。だけど瞼が重たくなり、眠たくなってきてしまう。ウトウトしているとロキシーが心配するように声をかけてくる。

「マインさんは休まれたほうがいいようですね。部屋を用意させますね。よろしいですね、エリス様？」

「そうだね。マインは本気でフェイトと戦っていたようだし。久しぶりに君の戦鬼モードを見たよ。たしか、あれは相当消耗するはずでしょ」

エリスの許可が取れたところで、メミルが呼ばれた。

彼女は私に一礼した後に、客室に案内してくれるという。これからの話し合いを聞いていられないのは嫌だった。

見かねたスロースが私に言う。

『私が聞いておくから、安心しなさい』

「ありがとう」

『いいのよ』

一番眠たいのはスロースのはずなのに、私の代わりに話を聞いておいてくれるという。

その言葉に甘える。

それくらい、私は疲れていた。フェイトの顔を見られて、なんだか張り詰めていたものがプツリと切れてしまったようだった。

ウトウトしながら、メミルに手を引かれて客室へ案内された。

そして倒れ込むようにベッドに寝転がる。以降の記憶はない。


朝になって目を覚ました私は自分でも驚いた。

熟睡していた!? こんなことは初めてだった。

いつもなら、寝ているようで起きているという状態で、いかなる時でも戦えるようにしている。たとえ、体が心底疲れていたとしても。

それなのに、爆睡していた!?

「信じられない」

声に出してしまうほどだった。その私の声に返事があった。

「おはよう、マイン」

　ベッドの横に顔を向けると、そこにはフェイトがいた。

「おっ⁉」

　まさか、彼がいると思っていなかったので、変な声を出してしまった。恥ずかしい……。

　朝から笑顔なフェイト。

「私に気配を感じさせずに側に立つとはなかなかやる」

「起こそうと思って来たけど、爆睡していたからどうしようかと思っていただけなんだけど」

「むっ、私は爆睡していない」

「そうかな？」

　フェイトは首を傾げなら、私を見ていた。

「今日のマインは、寝起きが良くて助かるよ。いつも大変なことになるからさ。ということで、マインを起こす役を俺がやることになったんだ」

　どうやらとんでもない話が飛び交っているようだ。

　これは訂正させないといけない。いろいろと策を練っていると、

「早く起きないと朝食が無くなるよ」

「無くなる？」

「なんせ、俺は暴食だからね。マインのも食べてしまうかも」

そう言って、彼は待ってるねと言って、部屋から出ていってしまった。

朝から元気そうだった。昨日見た彼の違和感は気のせい？

「とりあえず、食べよう」

服を着替えていると、スロースが部屋の壁に立て掛けてあるのに気が付いた。

もしかして、フェイトがここまで運んでくれたのかもしれない。

本人に聞けば早い話だ。

「スロース、おはよう」

『おはよう、マイン』

「いつもより早く起きている」

『まあね。フェイトがここまで運んでくれたから起きてしまった。それより、うまく話せていたようね』

「うん」

フェイトとは戦うことになってしまい、和解という形で収まった。

ことの始まりを起こしたのは私だ。

だから、フェイトと話す時にどんな顔をすればいいのか……わからなかった。

結果はいつも通りだった。

彼がそうなるように気を遣ってくれたのだろう。先程起こしに来てくれた時に、昨日の戦いのことや王都で別れたことなど、彼の口からは出て来なかった。

「マインからちゃんと話さないとね」

「うん」

そうしたい。だけど、心の中を見られてしまったことも思い出してしまうため、少しだけ時間がほしい。

つまるところ、私が恥ずかしいだけ。

しばし保留中……。

スロースから昨日のロキシーたちの話し合いについて、掻い摘んで教えてもらう。

シンの最後、フェイトの父親、ガリア大陸の浮上したこと。

すべてが気になる内容だ。

一番聞きたいのはやっぱりこれしかない。

「フェイトの父親のことを詳しく」

「そう言うと思ったわ。いいわよ」

私は朝食を食べることも忘れてしまうほど聞き入ってしまった。

フェイトの父親は聖獣人だった。私も知らなかった事実。

その父親にあともう一歩というところで、彼の地への扉を開かれてしまったという。

私はあの戦いで最後にルナと話せて救われた。あの別れは思い出してしまえば辛い。

でも、ルナの分まで今を生きようと、背中を押してもらった。

「フェイトは……どうだろう？」

彼の目的は彼の地への扉が開かれるのを止めることだったはず。

それが叶わなかった。

だから、フェイトは昨日元気がなかったのかも。

『私にはわからない。本人に聞くしかないわ』

「う～ん」

『何を悩んでいるの？』

「どうすれば……どう聞けばいいか、わからない」

『あら、戦いは強いくせに、そっちはめっぽう弱かったのを忘れていた……』

「むっ、それくらい……」

『それくらい？』

「スロース……お願い」

『初めから、そう言えばいいのよ』

黒斧を振り回すことは得意だ。それだけだ。

ここはスロースの乙女力でなんとかしてもらう。

やっぱり頼れる相棒だ。

「よしよし」

『そこそこ、気持ちいいね』

擦ってやると、スロースは気持ち良さそうな声を出す。

本当か嘘か、武器なのに人間の体みたいに凝ってしまうみたいだ。以前にそれを、何気なく年寄りみたいと言ってしまったら、とても怒られた。一月ほど口を利いてもらえなかった。

スロースには禁句だ。

心強い先生を手に入れたので、フェイトを探すことにする。

彼は暴食スキル持ちなので、同じ大罪スキル保持者である私からしたら、探すのは簡単。

大罪スキルは互いに引き合う力が働くため、その感覚を覚えてしまえばいい。

屋敷の廊下でぐるりと回りながら、大罪スキルを探していく。

「このエロい感じは違う。……う〜ん。腹ペコはどこだ？」

今日はとてもエロい感覚が伝わってくる。きっとエリスが元気過ぎるのだ。

この感じだと、歩くエロになっている。

「エロが邪魔で集中できない。気絶させてくる」

『落ち着きなさい。もう一度やってみて、無理ならエリスを気絶させましょう』

「うん、わかった」

「腹ペコを見つけた」

スロースに促されて、暴食スキルの……フェイトの気配を探る。

『どっち』

「北」

『屋敷の中庭の辺りかしら』

「行ってみる」

深呼吸して、私はスロースを片手に部屋を出た。

すれ違うメイドたちが、私を見てお辞儀する。慣れていないことなので、返しがぎこちなくなってしまった。

彼女たちの行動から私は客人として、丁重に扱うように言われているのかもしれない。

屋敷を出て、フェイトがいる場所まであと少しのところで、お邪魔なエロを発見した。

「むむっ!!」

『あれはエリスね。彼女が進んでいる方向は……』

「目的地は同じ!?」

『みたいね。どうする？』

「今日は私がフェイトに用がある。排除する」

『結局、そうなるのね。エリスって、いつもそうね。間が悪いというか……なんというか』

フェイトは中庭の噴水に腰を掛けていた。エリスはそれを遠くの茂みから窺っていたのだ。

そして、私はそんな彼女の後ろにいた。

エリスはフェイトを見ることに集中しているようで、周囲まで気を配っていない。

つまり、隙だらけ。

これでも武人なのか……怪しいところだ。

私はそっと近づいて、彼女の首元を軽くチョップする。

「あうっ……」

いい感じに入った。しかし、エリスにはこっちを振り向く余裕があった。

「マイン⁉　仕掛けるのに良いチャンスだったのに……」

「コソコソして怪しいエリスが悪い」

「無念……」

倒れ込むエリスを茂みに隠す。

「仕掛けるチャンスってどういうこと？」

『さあ』

スロースもわからないようだった。

とりあえず、フェイトの様子を窺おう。

茂みの隙間から、そっと覗いてみる。

『これならエリスと変わらないわね』

「エロとは違う。これは……その……んん……私はいいの」

『そうきたか』

エロと同じことをしている。それがすごく恥ずかしくなって、無理やり押し切ってしまった。

ふぅ～。危ない、危ない。

エロと同じにされては一大事だ。

それよりもフェイトの様子はたしかにおかしかった。それを見たスロースも、フェイトを心配していた。

『やっぱり……あのことが原因かもね』

「なに？　父親によって彼の地への扉が開いたこと？」

『違うのよ。たしかにそれも大変なことよ。……実はね、それ以外にも昨日のロキシーたちの話し合いにも上がっていたのよ』

「聞いてない」

『ごめんね。これはフェイトから聞いたほうがいいと思ってね。でもこうなったら言ったほうがいいわね。グリードのことを……』

スロースは、グリードが第五階位を開放するために、自分自身を生贄にしたことを教えてくれた。

フェイトは今まで戦ってきた相棒を失った⁉

聖獣ゾディアック・アクエリアスを倒すために、彼はとても大きな代償を支払っていた。

それは、私でも耐えかねる話だ。もし、スロースを失ったらと考えると、とても怖いから。

「フェイト……」

私は知っている。

彼にとって、グリードはかけがえのない存在。

ここまで戦って来られたのも、グリードの支えがあってのこと。

それほどまでに、大罪スキル保持者にとって大罪武器は大切で無二なものだ。

「どうしよう」

『どうしたの?』

「なんて、声をかけたらいいのか……わからなくなった」

『あら……。でも、あのエリスだって、うまくできずに茂みに隠れていたくらいだし。マインはいつものようにしていればいいのよ』

スロースがそう言うのなら、信じる。

「うん、やってみる」

『がんばって』

私は気絶しているエリスを念入りに茂みに隠して、立ち上がった。

それでも、フェイトは私に気が付かない。

ぼーっと空を眺めたままだ。

彼のすぐ近くまで、歩いていき声をかける。

「フェイト！」

「うあっ、マイン！　どうしたの？」

彼は私が直ぐ側まで来ていたことを知って、驚いていた。

それでも、フェイトが元気になるのならと思って、私は涙を堪(こら)えてスロースを差し出した。

「スロースをあげる」

「ええええええっ⁉　何？　本当にどういうこと⁉」

なかなか受け取らないフェイト。

「グリードがいなくなった。だから寂しいと思って、スロースをあげる」

「いやいや、マインには大事なものだろ。半泣きになって渡されても困るよ」

「でも」

「気持ちだけ、ありがたく受け取っておくから」

渾身の一撃は、ダメだった。

押し戻されたスロースが声を上げていた。

『コラッ！　なんで私をあげるという発想になった。ビックリしたわ。ビックリし過ぎて、何も言えなかったわ！』

スロースの声を聞いたフェイトは、腹を抱えて笑っていた。

「グリードの代わりなんて、誰にも無理だよ。でも、ありがとう。それにしても、スロースは読心スキルを介さなくても、俺と話せたんだね」

『マイン以外とは話さないようにしていたのよ。彼女が嫌がるからね。改めて、私はスロース。マインがいつもお世話になっております』

「いやいや、俺の方こそ、マインにはいつも助けられていてばかりだから」

フェイトはスロースと話せて嬉しかったみたいだ。

「俺が読心スキルで声を聞いた時には、ぐうすか寝ていたな。こうやってちゃんと話せるのも初めてだ」

『私は基本的に寝ていることが多いからね。ほら、私って怠惰（たいだ）ってよく言われるし』

「なるほど……でも起きたら、よく喋る方なんだ」

『まあね。使い手さんが、あまり喋らないから。自然とそうなったという方が正しいわ』

フェイトは頷きながら、私を見た。

むむむっ……なんだ。その納得した顔は!?

「私を置いてけぼりにして！」

「『わわわっ！　怒らない、怒らない！』」

フェイトとスロースに止められ、落ち着いたところで……。

私は彼の隣に腰を下ろした。

「グリード……黒剣は今どこ？」

「マインはいつも真っ直ぐだね。黒剣は俺の寝室だよ」

「持っていないの？」

「少しだけ一人で考えていたんだ」

フェイトがまた空を眺めながら苦笑いをした。

「いなくなってさ……俺にとって大事な存在だとわかっていたのに、いざそれを突きつけられてさ。改めて……まざまざと思い知らされたんだ。ケイロスさんから受け継いだはずだったのに……」

彼は胸のあたりに手を置いて、

「ここにぽっかりと穴が開いた感じさ」

そしてゆっくりと空に向かって、ため息をついた。

彼が見る先にあるのは、天に向かって浮上したガリア大陸。

「まだ、戦いは終わっていないのに……なんてざまだ。こんな姿をグリードが見たらなんて言われるかな」

私は彼の手を取る。そして逃げられないように、ぎゅっと握った。

「私もいる」

「マイン……」

空から目を離して、彼は私をじっと見ていた。

「フェイトはあの世界で私に教えてくれた。ずっとあの世界にいた私は怖かった。私なりの理由付けをすることで、過去を見ようとしていなかった。ルナやみんなの気持ちをわかろうとしてなかった。でも、ルナ……妹に引き合わせてもらって、気が付くことができた。もう会えないのに、どうしても私がもう一度会いたかっただけ。私のわがままだった」

「わがままだなんて……マインはルナたちのことを思って」

「それがルナをこの世界に留めてしまっていた。私の思いがルナをこの世界に縛っていた。ハニエルがあれほどの不死だった理由は、私にあった。ルナは私をこの世界で一人にしないために、ハニエルとして残ることを選んだ」

「そんなことが……」

「だから、フェイトがグリードを思っているのなら。彼は、まだどこかで留まっているかもしれない」

「まだ可能性あるってことか」

「うん」

ルナが残してくれたものは大きかった。

私にはもういない。心の中で妹にもう一度言う。

(ありがとう……ルナ)

フェイトの顔は、どこか安堵しているようだった。

「ありがとう、マイン。元気が出てきたよ」

「よかった」

彼は立ち上がる。そして腕を高々と上げてみる。

「よしっ、ガリア大陸をなんとかしないと！　黒剣を取ってくる。それで、お願いがあるんだけど」

「何」

私はわかっていた。彼が両手を顔の前に合わせてお願いしてくるときは決まっている。

でもあえて聞く。それが私とフェイトのやり取りだから。

「手合わせをしてほしい」

「言うと思った」

「第五階位を解放したんだけど、グリードに感覚だけ教えてもらったんだ。でも使いこなせるかはわからなくて」

「それで私を使って、練習したいと」

「いいかな」

私は少しの間、目を瞑る。そして考えたふりをした。

返す言葉は決まっていた。

「わかった」

「やった！　なら、すぐに取ってくる」

フェイトは子供みたいに喜んでいた。そして、ものすごい速さで駆けていった。

あれなら、すぐに戻ってきてしまうかもしれない。

彼を見送っていると、スロースが眠そうな声で言ってくる。

『どうやら、私は必要なかったみたいね』

「だからといってまだ寝るのはダメ」

『やれやれ、フェイトとの大事な手合わせだものね』

「むむむ……」

『私としては、ほっとしている。元の鞘に収まったね』

「な、な、何が？」

『だって、あの世界でマイン自身が言っていたでしょ。フェイトが大好きだって』

「……」

『沈黙して赤くならない』

それは間違いなく言った。

だけど、フェイトは私と会って、あまり変わった様子はなかった。

これは……つまり……。

考え込む私に、スロースは言う。

『言っておくけど、あのときの言葉……フェイトは途中までしか聞こえていなかったわ。だから、全部伝わっていない可能性がある』

「可能性？」

『先程の彼の反応を見て、確信した。全然伝わっていない！』

「うううううぅ……」

私はがっくりと膝をついた。

なんだろう……この疲労感は……。昔に聖獣人たちと戦ったときよりも、ぐったりする。

そんな私の気持ちを知ってか知らずか、フェイトが満面の笑みでやってきた。

「おまたせ、それではよろしくお願いします」

「うん、今日は厳しくいく！　覚悟すること!!」

「ええええっ！　なんで急に好戦的なの？」

「しらない」

私は黒斧を振り上げて、フェイトに襲いかかる。

彼は器用に躱しながら、黒剣から黒籠手に変えてみせる。

「腕を上げている！　負けていられない！」

「だから、なんでそんなに力が入っているんだ」

「因果応報！」

彼に黒籠手を使わせずに、黒斧の腹でフルスイングした。

「なんで⁉　うあああああぁぁぁっ」

彼方へ飛んでいく彼を見届けながら、私は呟く。

「少しは反省するといい」

『可哀相なフェイト。これは先が思いやられるわ』

スロースが同情するようなことを言っているが、関係ない。

そして、数分後……。我に返った私はゆっくりと膝をついた。

「ううううぅ……やってしまった」

「何をやっているのかな？　マイン」

見上げると、ニヤニヤ顔のエリスが立っていた。

見られたくない一番のエロ。それに見られてしまった？

気が休まる暇がないとはこのことだ。

「酷いじゃないかい。ボクを気絶させるなんて！　これでも王国で一番偉いんだよ」

「今は忙しいから放っておいて」

「何を落ち込んでいるんだい。もしかして、フェイトに振られてしまったのかな」

私は無言で立ち上がる。

そして流れるように体を動かして……エリスをもう一度眠らせるしかない。

「ごめん、ごめん。言い過ぎたよ。待った、待った！」

「もう遅い」

「あの戦いしか知らなかったマインの、こんな姿を見たらさ。少しはちょっかい出したくなってね」

「むむむっ、とうとう自白したか」

「えっと……判決は？」

ドキドキしているエリス。すでに判決は決まっている。

「有罪」

「きゃあああああぁぁ」

問答無用。エリスを夢の世界にいざなってやった。

「ふぅ～、これで静かになった」

落ち着いたところで、スロースが呆れたように言う。

『エリスはこうなるのをわかっていて、やっているのかしら』

「それなら、余計にたちが悪い」

気絶したエリスをまた近くの茂みに隠す。

「これでしばらくは起きてはこない」

ひと仕事終えたので、私は与えられた客室へ戻ることにした。


部屋前まで戻るとロキシーが待っていた。

手には何かを持っている。

聞いてみれば、食べ逃した朝食を、代わりに彼女が用意してくれたという。

「よろしければ、これをどうぞ」

「……ありがとう」

「まだまだ、修業中なので、お口に合わないかもしれません」

渡されたバスケットの中に入っていたのはサンドイッチだった。

一緒に部屋に入る。

ほとんど話したことのない人。どうしたらいいかと思っていた。

だけど、話しやすい人だった。見た目も綺麗だし、聖騎士なのに偉そうな素振りもない。

しばらく話してみて、よくわかった。

フェイトがガリアの地まで追ってくる理由。あのときは、なぜそれほどまで彼を駆り立てるのか……わからなかった。

それが、なんとなく理解できたような気がした。

彼女の真っ直ぐさを見ていると、こっちも元気になるし、支えたくなってしまうかも。

「なるほど……なるほど」

「何がですか？」

思わず口に出してしまった。誤魔化すために、サンドイッチについて言おう。

「これは美味しい。しっかりとした味付け……が……んんんんっ⁉」

「本当にどうしたんですか？」

それはこっちが言いたい！

だって、食べ物の味がわかるからだ。どうしてだろう？

何が起こっている？

ずっとずっと昔に失ったものなのに……。

横に立て掛けてあるスロースにこっそり話す。

「どういうこと？」

『味覚を失っていたのは、精神的なショックが大きかったのかもね。それが今回の一件で、解消されたから元に戻ったという感じかな』

「なんてことだ……」

ただ栄養を摂取する作業。それが私の食事だった。

そこに美味しいとか、まずいとかはない。

手に持ったサンドイッチが、美味しいなんて……。

私は感動のあまり、目の前にある机を叩いてしまった。

ステータスのコントロールがうまくいかず、大きな音を立てて壊れた。

「ど、どうしたのですか？　お口に合わなかったですか？　無理して食べなくても……」

事情を知らないロキシーはオロオロしていた。

このままだとまずい。

咳払いをしてから、説明する。

彼女は実に素直に話を聞いてくれた。

「そういうことだったのですね。うんうん、食べても味を感じないなんて、悲し過ぎます。でも、元に戻られたなら、良いことですね。これからは食事を一緒に楽しみましょう」

「うん」

楽しむか……。

長い間、そのようなことを考えたことがなかった。

首を傾げる私にスロースが言う。

『なら、ロキシーと一緒に料理をしてみたら？　自分で作って食べる。これが早く慣れる近道かも』

「いいこと言う。さすがスロース」

スロースの声がロキシーに聞こえてしまったみたいだ。

「もしかして、その黒斧さんは喋れるのですか？」

「もちろん」

『はじめまして、ロキシー。私はスロース。この通り、黒斧よ』

「こちらこそ、よろしくお願いします」

互いの挨拶が終わったところで、先程の提案の続きとなった。

「マインさんも料理しましょう」

「うん。……まだ焼くしかできない。そこから始めてもいい？」

「大丈夫です。実は私も同じだったんです」

「ん？　そうなの？」

「はい」

私は丸焼き専門だった。ロキシーも同じだったとは……意外だ。

新しく何かを始めたいと思っていた。

料理がうまくなれば、フェイトも喜ぶかも。

一緒に旅をしていたときだ。彼はお店で出てくる料理を楽しみにしていた。

「私も料理をする。世界最強の料理を作る！」

フェイトのマネをして、高々と拳を上げる。

「この子は戦いと勘違いしているわね。どちらにしても、よろしく」

「はい。では、昼食を一緒に作りましょう」

「おう！」

私は厨房という戦場へと向かう。

もちろん、相棒のスロースも連れて行く。

「ロキシー、質問！」

「何でしょう？」

「スロースで、食材を切ってもいい。慣れているから」

「それはダメです。ちゃんと包丁を使いましょう」

「残念」

『これは予想以上に先が思いやられそう……がんばってロキシー』

スロースに応援されるロキシー。

そこは私にするべきでは……。

私の料理道は始まったばかりだ。なんとかなるはず。


昼食を見事に作り上げた私。

しかし、フェイトの判定は芳しくなかった。

屋敷内では領主の毒殺疑惑にまで発展して大騒ぎだった。

ちゃんと作ったはずなのに……世界最強はまだ遠い。

結果、夕食は作らせてもらえなかった。ただ見守るだけ。

とにかく暇で、何かしようとすると、メイドのメミルが厳しい目を光らせていた。

終始、ロキシーが困り顔だったのを覚えている。

しばらくは、人前に出せるようになるまで、修業することになった。

私は、屋敷のお風呂場に向けて歩きながら、次なる料理について考えていた。

『マインは、もう少し基本から修業したほうがいいわ』

「基本はできているはず。味覚が戻ったばかりで、まだ安定しないから」

『あれはもう見た目から大変なことになっていたけど』

「欲張り過ぎただけ。次はもう少し入れるものを少なくする」

『ロキシーが慌てていたわね。まさに暴走マインって言葉がぴったりね』

料理中、スロースは笑い続けていた。

集中できずに困った。

「むむむ……これからどんどんうまくなる」

『それまでフェイトが倒れないことを祈るばかりね』

「フェイトは丈夫だから問題ない」

『謎の自信。彼に対する信頼がずれている』

スロースは心配し過ぎ。フェイトは大丈夫。

さっぱりしよう。風呂場の近くまで来たとき、またしてもエロがいた。

「むむむ……」

『エリスがいるわね。覗いているのは、男湯の方ね』

私はすぐに気配を探った。

男湯からフェイトの気配がする。

「全く懲りていない」

そして、もう慣れてきたチョップを首元に叩き込む。

中に入ろうとしたエリスの首根っこを掴まえる。

「あうっ……またマイン……」

私の名を呼んだがすぐに気を失った。

とりあえず、女湯の方へ入れておこう。エリスを転がして、私は思い出した。

「まだ、あのことをちゃんと伝えられていない」

『あのこと？』

スロースはわかっているのにあえて聞いてくる。

「意地が悪い」

『ごめん、ごめん。フェイトに伝えないとね』
「うん」
何かと周りには女性がいる。今日見ただけでも、ロキシー、メミル、ライネ、スノウ
フェイトは一人でいることは少ない。
……そして足元に寝転がっているエリスだ。
『マイン、いいことを思いついたわ』
「なに？」
『それはね』
内容を聞いた私は思った。
さすがスロース。天才だった。
これからフェイトは、浮上したガリア大陸で忙しくなる。
チャンスは多くない。
もう一度、フェイトの気配を探る。一人だ。
『今しかないわよ』
「うん」
『頑張って』

「私はやる！」

『その意気よ』

深呼吸を一つして、女湯から出る。そして男湯の入り口の前へ。

「参る！」

そして中へ入った。

大人数が一度に入れるくらいの広さがある脱衣場だった。

構造は女湯と左右対称となっているみたいだ。

歩いていくと、フェイトの服が畳んで置いてある。

『すでに服を脱いでいるわね。マインも脱がないと』

「ん？　私も」

『そうよ。ここはお風呂場でしょ？』

「たしかに……でも」

以前にフェイトと旅をしたとき、私は裸を見られた。

あのときは全く恥ずかしくなかった。

でも……今は違う。

『チャンスを逃してはダメよ』

「わかっている……決めた」

『さすがはマインね』

私は着ていた服を脱ぎ捨てる。これで身を隠すものは何一つない。

スロースを担いで、呼吸を整える。

「いざ参る!!」

再度宣言し、脱衣場から奥にある扉を開ける。

途端にモクモクと湯気が私を包み込んだ。

その先に薄らと黒髪の青年がいた。彼は、鼻歌交じりに広々とした大浴場を独占していた。

よほどリラックスしているみたいだ。私が入ってきたことに気が付いていない。

どれくらい近づいたら、フェイトは気が付くのだろう。

ふと、試してみたくなってしまった。

ゆっくり、ゆっくりと彼との距離を縮めていく。

そして湯気が立ち込めていても、お互いの顔がわかるところまで来た。

しかし、彼は私に気が付かない。

なぜだろうと思ってよく見てみる。

理由はすぐにわかった。彼は目を瞑っていた。

フェイトの鼻歌だけが、お風呂場に響き渡っている。

しばらくじっと見つめていた。のんきなフェイト。

私は静かに深呼吸した後、彼の名を呼んだ。

「フェイト……」

彼は声に反応して、ゆっくり瞼を開ける。

そして、私を見た。

「ええぇっ、マイン!!　えぇぇぇっ!!」

驚きのあまり彼は溺れかけていた。

私はそれを無視して、スロースと一緒に湯船に浸かる。

フェイトに裸をずっと見られていると、顔が熱くなりどうしようもなかった。

「いいお湯ね。疲れが取れるわ」

「うん。なかなかいい」

先程の緊張を癒やすことにする。

しかしフェイトがそれを許してくれなかった。

「な、なんで男湯に入ってきているんだよ！」

「問題ない」

「問題大ありだ！」

「スロースも気持ちいいって」

「そうなの？　いやいや、今はそれどころじゃない」

フェイトはいつものように右往左往している。

午前中、落ち込んでいたのが嘘のようだ。

これくらいが丁度いい。

あたふたするフェイトを見つめながら言う。

これは最終確認だ。フェイトとの戦いの最後に交わした言葉。

「あのときに言ったことを信じていいの？」

彼は照れくさそうに、それでいて力強く返してくれる。

「当たり前さ。これから、ずっとよろしく」

その言葉を再び聞いて、私は彼の胸に飛び込んでいた。

「マイン！」

フェイトは驚いていた。だけど、しばらくして私の頭を撫でてくれた。

どのくらい経ってしまったのか、わからない。

そこには私とフェイトだけがいた。

静まり返ったお風呂場に、水滴が落ちる。その音だけが鳴り響く。

私は顔を上げて、フェイトを見る。

「フェイトに言いたいことがある」

彼は何も言わず、私の言葉を待っていた。

向こうで伝えられなかったことを今言おう。

「私は……フェイトが……」

あのときは言えたのに、言葉が詰まってうまく言えない。

ただひたすらに顔が熱くなっていくのを感じる。

それを見たフェイトは勘違いをして、

「のぼせたの？　早く出たほうがいいって」

と私の肩を掴んで、湯船から出そうとする。

相当焦っているのだろう。彼はお互いに裸であることを忘れている。

恥ずかしくて、私は咄嗟に抵抗する。結果、足元が滑って盛大に湯船の中でコケてしまった。

大きく水しぶきが上がる。

「痛たた……マイン……大丈夫……ん⁉」

「……」

フェイトは無言となった。無論、私はすでに喋る余裕はない。

きっと横で見ているスロースは笑いながら楽しんでいるだろう。

私がフェイトに覆いかぶさるように、押さえ込んでいたからだ。

しばらくの沈黙が続いた。

私の前髪から流れ落ちた水滴が、彼の頬を撫でる。

自然と言葉は出ていた。

「フェイト……。私はフェイトが……大好き……」

「……マイン」

彼と私が見つめ合っていると、脱衣場からけたたましい音が聞こえた。

続けて強く扉を開けて、数人がなだれ込んできた。

「フェイト様、ご無事ですか？」

「フェイ！」

「マイン……よくもやってくれたな」

「みんな、楽しそう。スノウも、スノウもする！」

メミル、ロキシー、エロ、スノウが一斉に男湯のお風呂場へやってきた。

そして、私とフェイトをすぐに見つけた。

「フェイ!!　こ、これはどういうことですか⁉　詳しく教えていただけますか？」

「なんてことでしょう。バルバトス家の主たるお兄様が、このような場所で……。私も詳しく聞かなければいけません」

「フェイト……ボクというものがありながら、よりによってマインに……。これは王国を挙げて、話を聞かせてもらおう」

「スノウもフェイトと遊ぶ！」

私はすぐに察した。これは面倒なことになる。

すぐさま、フェイトの上から降りる。そして、スロースの横に移動する。

「いいお湯」

「そんなことを言っていないで、助けてくれっ！」

「日頃の行いが悪い。因果応報」

フェイトは彼女たちに囲まれて、正座させられていた。

おそらく厳しい尋問が待っているらしい。

姦（かしま）しい声を聞いていると、ふと自分が笑っていることに気が付いた。

スロースもわかったようだ。

『マイン、やっと笑えるようになったのね』

「うん。これもフェイトのおかげ」

味覚と一緒に希薄だった感情も昔みたいに戻ってきている。

ルナが教えてくれたように、今を生きよう。

だって、私には大好きなフェイトがいるのだから。

あとがき

お久しぶりです。一色一凛です。

今年の夏も暑いですね。エアコンがなくては生きていけないような暑さです。

家庭菜園で育てているトマトはその暑さに負けず、すくすくと成長しています。たくさん収穫ができて、毎日がトマト生活です。

きゅうりもよく育って一苗で、六十本くらい収穫しました。

夏の家庭菜園は、トマトときゅうりがオススメです。

今回の夏は、人生で初めて海外に行きました。もちろん、暴食のベルセルクの関係です。

行き先はフランスのジャパンエキスポ！

まずはパスポートを取得するところから始めました。有効期限が五年と十年の物があり、とりあえず十年を選びました。

それからは巨大なスーツケースを買ったり、ジャパンエキスポ用のちゃんとした服を買ったりと装備を整えていきました。フランスの水が合わなかった場合に備えて水も購入！

すべてをスーツケースに収めたときには総重量二十七キロとなっていました。

重すぎる荷物を持って、岡山から東京へ。そして、東京からフランスのパリ行きの飛行機へ。

十四時間ほどのフライトです。

飛行機は数えるほどしか乗ったことがなく、海外線は初めての経験。

ビジネスクラスという席に座らせてもらったので、リクライニングができて腰にとても優しかったです。ありがとうございました！

飛行機内で食事がいろいろと食べれたり、飲み放題だったりして、眠っては食べてを繰り返していました。

それでも十四時間ほどのフライトは長かったのを覚えています。

時間の感覚がわからなくなる感じでした。

やっとフランスに着いて担当編集さんと一緒に入国するときに、何故か人が多いからとまったく違う列に誘導されました。その列の進みが遅くて入国するまでに一時間も要しました。

フランス語も英語も喋れない私としては抗議することもできずに待つのみでした。

無事に入国して現地の方々と合流できたときは安堵しました。

気候は暑いのですが、空気が乾燥しており日陰ならかなり涼しかったです。

通訳の方にお世話になりながら、パリの街並みや取材、フランスの出版社への訪問などを行いました。

駅のトイレを使うのに1ユーロを払わないといけないのはびっくりでした。

フランスの書店にも案内してもらって、日本の漫画がどのように売られているのかを知れて新鮮でした。そしてここで初めてサイン会を滝乃先生としました。

まさか、人生初のサイン会が海外で行われるとは思ってもみなかったです。

ジャパンエキスポは期間中毎日、サイン会がありました。滝乃先生と一緒にサインをいっぱい書きました。フランスのファンの熱いお言葉に勇気をいただきました。

インタビューが毎日あり、たくさん喋って暴食のベルセルクについて説明しました。

フランスではダークファンタジーが大人気みたいで、暴食のベルセルクもその枠に入るために期待度が高い感じでした。

元々暴食のベルセルクは、私の感覚ではダークファンタジーとして書いていませんでした。髑髏マスクで顔を隠しながら暗躍するところや、見返りを求めないところなどが読んだ人にダークヒーローのように感じられたのかなと思っております。

暴食のベルセルクのカンファレンスでは、壇上に上がって小説や漫画などについて話をしました。その中でメインはやはりアニメ化です。

このときのために用意された映像が流されて、ロキシー役の声を担当している東城日沙子さんからもコメントを頂きました。

ジャパンエキスポの中で多くのインタビューを受けてきましたが、カンファレンスが一番緊張しました。もう一度と言われても、二度目は難しいほど大変でした。

フランスではやることがいっぱいあり、結構疲れることも多々ありました。

ですが、ワインが美味しい！　これが最高でした。

またフランスは陽が沈む時間が二十二時くらいです。だから一日がとても長く感じます。まだお昼かなと思って時計を見ると、なんと十七時ってことがしばしばあります。

だから初めのころは日本の感覚で行動してしまい、一日の途中でへばってしまうこともありました。

なんだかんだと、ジャパンエキスポは無事に終わり、フランスを堪能した私は帰路につきました。

これほどの体験はおそらく人生で最後のような気がします。フランスの方々はみんな親切で本当に良い経験でした。

そして、英語は話せたほうがもっと楽しむことができると学びました。いつか海外に行った時に言葉の壁で苦労しないためにも、時間を作って英語を少しずつ勉強したいと思います。

ジャパンエキスポの話はこのくらいにして、アニメ化の話です。

フェイト役は逢坂良太さん、グリード役は関智一さんです！

このお二人の演技は最高です！　フェイトとグリードのセリフは暴食のベルセルクの中でほとんどを締めているはずなので、配役が決まったときにはガッツポーズをしたくらいです。

実際のアフレコでも、お二人の掛け合いは抜群で、私が小説を書いていたときのイメージと合致しており、文句の付け所がないです。

また関さんがアフレコでいろいろと提案されて、それがとても良くシーンを盛り上げるように考えられており、感嘆させられるばかりでした。

逢坂さんのフェイトは、ナイーブなところを綺麗に表現していただいており、更に戦うと覚悟を決めたときの気持ちの切り替えも素晴らしかったです。

アニメ制作に関わってみて、とても長い時間と沢山の人たちによってできあがるんだなと改めて実感しました。

放送されるのが今から楽しみです！

それでは、あとがきの恒例となっている暴食のベルセルクの登場人物たちを召喚して見ようと思います。今回のフェイトとマインです！

一色「フェイトとマイン、いらっしゃい！」

フェイト「よろしくお願いします」

マイン「久しぶり」

一色「マインは四巻ぶりですね」

マイン「まさかのメインヒロインが出ないという悲劇」

フェイト「いやいやマインはいきなり旅立ったから」

マイン「あそこはフェイトが私を追うところだった」

フェイト「俺にはバルバトス家の家督を継いだ立場があるから……」

マイン「五巻と六巻で何をしていた！　早く探しに来るっ」

フェイト「いろいろと忙しかったんだって。どこにいるのかがわからなかったし」

マイン「そのいろいろとは……どうせロキシーとイチャイチャしていたはず」

フェイト「そ、そんなことはないです」

一色「うんうん」

フェイト「そこ、頷かない！」

マイン「私が戻ってきたからには、フェイトをビシバシしごく」
フェイト「お手柔らかにお願いします」
マイン「暴食のベルセルクはダークファンタジー。最近のフェイトにダークさが足りない」
一色「これは由々しき問題ですね」
マイン「まずは、この髑髏マスクを付けて」
フェイト「えっ、これは卒業したんだよ」
マイン「早く付けるっ！」
一色「早く付けなさい！」
フェイト「わかったから……マインは大斧を下ろそう」
一色「一気にダーク感が出ましたね」
マイン「フェイトはずっとこのままでいい」
フェイト「本当に良い感じなの？」
マイン「昔を思い出して、武人ムクロって名乗っていた痛いあの頃を！」
フェイト「痛いとか言うなっ」
一色「フェイトはお年頃ですから仕方ないですね」

マイン「うん。このくらいが丁度いい」
フェイト「なんか褒められた感じがしないんだけど」
マイン「あと右目を赤目にして」
フェイト「半飢餓状態ね。これでどう？」
マイン「ダーク感が更に増した。常にそうしておいて」
―色「良い感じですね」
フェイト「維持し続けるのは、信じられないくらい大変だけど！　何かの修行⁉」
マイン「最近のフェイトはたるんでいるから、ギリギリ感を出していこう」
フェイト「一歩間違えれば、本当に暴走しちゃうって」
―色「鬼気迫る感じが出ていて良いですね。ダーク感が上がっています！」
フェイト「二人ともダークファンタジーを履き違えていると思う」
マイン「無駄口を叩かない。魔力を解放してダークなオーラを出す！」
フェイト「うおおおおぉぉぉ」
マイン「仕上がっている。仕上がっている！　常にこのままで」
フェイト「無理無理無理……魔力が枯渇する……うっ」
マイン「フェイトが倒れた。ダークの道のりは遠い」

一　色「今後ともフェイトはダークさを出していきますのでよろしくお願いします！」

マイン「よろしく！」

ということで、フェイト、マイン、一色によるスリーマンセルでした。暴食のベルセルクはダークファンタジーとして頑張ります！

コミカライズは滝乃先生に引き続き連載していただいております。ジャパンエキスポのときはお世話になりました。第十巻となり巻数が二桁です！　アーロンとの熱い戦いが繰り広げられております。まだ読んでいない方がいらしたらぜひ読んでください。とても面白いコミックにしていただいております！

最後に、カバーイラスト・挿絵を描いてくださいましたfameさん。いつも魅力的なイラストをありがとうございます。また、サポートしていただいた担当編集さん、関係者の皆様に感謝をいたします。

では次巻で、またお会いできることを楽しみにしております。

ファンレター、作品のご感想をお待ちしています!

【宛先】
〒104-0041
東京都中央区新富 1-3-7　ヨドコウビル
株式会社マイクロマガジン社
GCN文庫 編集部

一色一凜先生 係
fame先生 係

【アンケートのお願い】

右の二次元バーコードまたは
URL (https://micromagazine.co.jp/me/) を
ご利用の上、本書に関するアンケートにご協力ください。

■スマートフォンにも対応しています(一部対応していない機種もあります)。
■サイトへのアクセス、登録・メール送信の際の通信費はご負担ください。

GCN文庫

暴食のベルセルク
～俺だけレベルという概念を突破して最強～⑦

2023年9月25日　初版発行

著者　一色一凛

イラスト　fame

発行人　子安喜美子

装丁／DTP　横尾清隆

校閲　株式会社鷗来堂

印刷所　株式会社エデュプレス

発行　株式会社マイクロマガジン社
〒104-0041　東京都中央区新富1-3-7　ヨドコウビル
［販売部］TEL 03-3206-1641／FAX 03-3551-1208
［編集部］TEL 03-3551-9563／FAX 03-3551-9565
https://micromagazine.co.jp/

ISBN978-4-86716-470-9 C0193

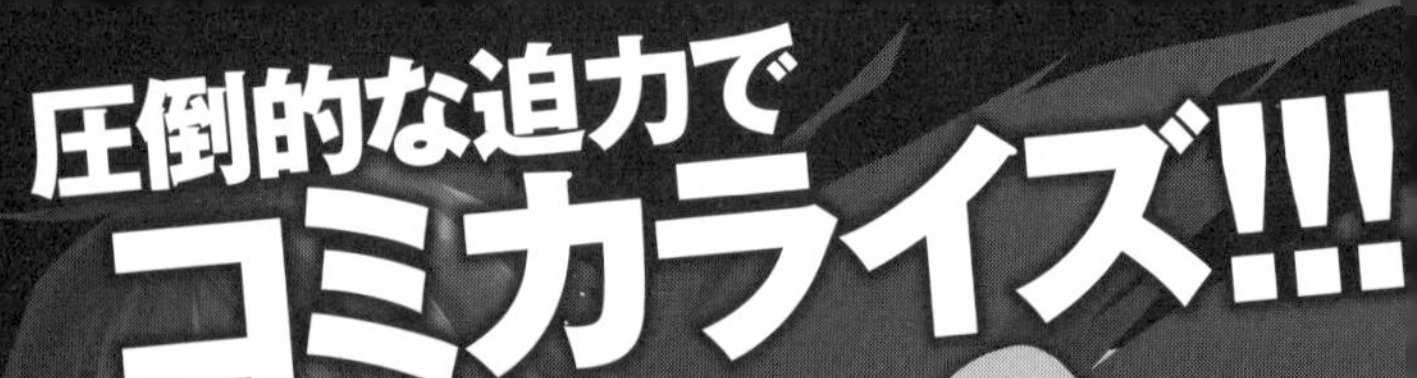
圧倒的な迫力で
コミカライズ!!!